素晴らしき世界
〜もう一度旅へ

吉田修一

集英社文庫

目次

素晴らしき世界　～もう一度旅へ

初めてのお茶会

いくつになっても、新しい世界の扉はあちらこちらで開いている。

と、声高に宣言したくなるような一日を、昨年（二〇一八年）の晩秋に体験した。

昨年は暖かい日が続いたせいで紅葉ものんびりとしていたのか、師走の初めに訪れた白金台《しろかねだい》の畠山《はたけやま》記念館の日本庭園で、今が盛りとばかりに色づいていた。

「お茶って、面白いんですかねー?」

ふとそんな言葉を漏らしたのは、その少し前、新宿のゴールデン街にある行きつけの飲み屋でのことだった。大森立嗣《おおもりたつし》監督の『日日是好日《にちにちこれこうじつ》』という映画を観たばかりだった。雨音がちゃんとスクリーンに映っているような、とても良い映画で、特に「その年の干支《えと》が描かれた茶碗《ちゃわん》は十二年に一度しか使わない」というようなセリフがあり、なるほど茶道というのは、そういう時間が流れる世界なんだなーと感銘を受けていた。

たまたま飲み屋でご一緒していた人が、「それなら今度知り合いのお茶会があるので、行ってみたらどうですか?」と誘ってくれる。

お茶会など行ったこともないが、きっとこれも縁、素直に甘えることにした。

過去に一度だけ、京都のホテルのロビーに即席で設置された茶室で、お茶を点《た》ててもらったことはある。一緒に体験した台湾人の友人はたいそう気に入り、その後、茶器の写真集など買っていたが、正直、僕には正座は辛いし、時間はかかるしで退屈なだけだった。

ただ、茶室には昔から興味があった。茶室というか、昔から建築が好きで、日本建築なら断然「数寄屋《すきや》造り」派である。ちなみに簡単に言えば、数寄屋とは茶室風という意味になるだろうか。

なのでもちろん京都の桂離宮《かつらりきゅう》も予約をして参観に行ったし、この桂離宮を「それは実に涙ぐましいまで美しい」と世界に紹介したドイツの建築家、ブルーノ・タウトが造った熱海《あたみ》の家も見に行っている。

そういえば、京都で一緒にお茶を体験した台湾人の友人から、その後、茶碗をいただいたことがある。いただいた時は、「なんか、高そうな茶碗だなー」という感想しかなかったが、今、改めて箱から取り出してみると、天目《てんもく》茶碗というもので、黒が深く、なにより持ったとき、とても手に馴染《なじ》む。

というように、これまでお茶との縁はなかったのだが、その周辺をうろちょろしていたことはあったのだ。

さて、そこで、お誘いいただいた初のお茶会当日である。

とりあえず白ソックスだけ持って来て下さい、とのことである。ならば簡単、と呑気《のんき》に構えていたのだが、当日、いざ向かおうとすると、当てにしていたコンビニに、黒やグレーはあるが白ソックスがない。約束の時間ギリギリに家を出たものだから、あれ、白い靴下って普通どこで買えるんだっけ？　と、ちょっとしたパニックである。それでもなんとかユニクロ経由で会場へ向かうと、畠山記念館の庭は紅葉の盛り、樹齢三百年という赤松の堂々たる姿に迎えられ、一気に気分も上がってくる。

とにかく何から何まで初めてなので、まったく要領を得ないのだが、なんでもこの日は庭園内の三つの茶室でお茶会が開かれており、自由に出入りしていいと言う。

受付を済ませて、懐紙などのお茶セット？　を貸してもらうと、「こちらへどうぞ。今、空《す》いてますから」と声をかけていただいた。

苔《こけ》むした庭に並ぶ飛び石を、まるで新しい世界へ向かうかのごとく跳ねていく。

通されたのは、沙那庵《しゃなあん》という茶室で、予想に反して土間があり、僕たち客は腰掛けに座ったままお茶をいただくらしい。

正座、大丈夫かな？　と心配していたので、ちょっとホッとする。

もちろん茶席というのは映画やテレビなどで見たことはあるので、なんとなく隣の人を真似《まね》ていればなんとかなる。逆にイメージとあまりに違って驚かされたのは、ご一緒した客人たちの、なんとも優しいことである。

てっきり、茶席＝厳しいご婦人方というイメージがあったのだが、現実はまるで正反対で、お隣の方など、こちらが戸惑っていると、なにかと優しげな視線で応援してくれた。

お菓子をいただき、お茶を飲む。

ただそれだけのことなのだが、この小さな茶室に人間の優しさのようなものが溢《あふ》れているようである。

気を良くして、二つ目の茶室に入った。こちらは少し大きな部屋で、毛氈《もうせん》にずらりと並んだ客たちに、着物姿の可愛らしい女の子がお菓子を運んできてくれる。何やら一番奥に、いかにもお茶の先生といった袴《はかま》姿の男性がおり、こちらはちょっと緊張感がある。

と思っていたのも束の間、その先生が、「このお茶碗は〇〇ですか？」「そちらのお釜はどちらの」などと尋ね、それに応える茶席の主人との薀蓄《うんちく》ある会話をみんなで聞いているうちに、なんとも贅沢《ぜいたく》な気分になってくる。

そうこうしているうちに、御所車《ごしょぐるま》が描かれた棗《なつめ》が回ってきた。ちなみに棗とは抹茶を入れる漆塗りの容器である。

みなさん、手元に回ってくると、這《は》いつくばるようにして眺めているのだが、腰も痛いしと、横着して高く手にとって眺めようとした途端、「あら、恐い。下でそうっとご覧になって」とお隣のご婦人から注意された。

なるほど這いつくばるように見るのがルールだったらしい。慌てて体を前へ倒した。無粋な新参者に周囲の目も厳しいかと思ったが、幸い、最初はみんなそうですよ的な眼差《まなざ》しで許してくれる。

最後に入った茶室が、なんとその袴姿の男性の茶席だった。翠庵《すいあん》という渋く狭い茶室で、空いた天窓から差し込む光はあるが、ちょっと薄暗い。

真横だったこともあり、お手前をじっと見つめていた。茶室は客たちでギュウギュウ詰めだが、妙に静かで茶釜が立てる音しかしない。

眺めながら、あれ？　と気づいた。これ、ずっと眺めていられるな、と。

波を眺めているようである。風に揺れる樹々を眺めているようなのである。

茶席がお開きになると、やはり初心者らしい一人の男性客が足が痺《しび》れて立てなくなった。

「あらあら、慌てて立たないほうがいいですよ」

茶室に楽しげな笑い声が響く。

柳《やなぎ》宗悦《そうえつ》『茶と美』という本に、中国から朝鮮を渡って我が国に伝わってきた陶磁器の歴史を語るこんな文章がある。

《自然は大陸から半島へ、半島からさらに島国へと移っている。旅する者は誰も気付くであろうが、山は穏やかであり河は静かに流れ、気候は温かく空気は湿り、木は緑に滴り花は色を競っている。しかも海は国を守り、歴史は外から乱されず、人は悦び心は楽しんでいる。この国においてほど美に楽しむ心の余裕を有った民族はないであろう。》

そんな先人たちが、この国で生まれた陶器に与えたのが、「楽焼《らくやき》」という名前であるらしい。

リモートワーク元年

ここ最近、何度説明してもらっても、うまくイメージできないことがある。

もちろん薄ぼんやりとは理解しているのだが、では、核心をつかんでいるかと問われると、まったく覚束《おぼつか》ない。

大手出版社のＫＡＤＯＫＡＷＡが現在の所在地である都心から埼玉県の所沢市に引っ越すという。ＫＡＤＯＫＡＷＡといえば、老舗《しにせ》の出版社であるとともに、昨今ではメディアミックス企業の代表格のような巨大組織である。

所沢市に引っ越すと聞いて、まず思い浮かべたのはフジテレビがお台場に引っ越したときのことだ。

当時、最先端だった湾岸エリアに建つ近未来的な社屋。

なるほど、ということは、きっとＫＡＤＯＫＡＷＡも再開発された埼玉の所沢市に近未来的な社屋を建てるのだ。

ただ、繰り返すが、KADOKAWAといえば日本を代表するメディアミックス企業。いわゆる〝業界〟中の〝業界〟企業なわけで、となると、打ち合わせ・社外会議、会食等々は、すべて都心になるはずである。

ちなみに都心から所沢市までは、電車で一時間ほどかかる。

「埼玉まで毎朝通うのは大変でしょうね。まあ、通勤ラッシュとは逆方向だから、まだいいけど。いやでも、通うのはなんとかなっても、朝、出社したのはいいけど、昼は銀座で打ち合わせ、夕方から青山で取材があって、そのあとまた埼玉に戻って、そこからまたまた都内に帰宅なんて……」

思わず、KADOKAWAの人たちを前に我が事のように心配してしまった。

すると、「いや、そうじゃないんですよ」と、KADOKAWAの人たち。

「……いや、そうじゃなくてね、吉田さん。会社の機能はあらかた、所沢市に引っ越すんですけど、ぼくたちは基本的に所沢市には出社しないんですよ」

「じゃ、どこに出社するんですか？」

「だから、出社はもうしないんです」

「え？」

一瞬、ここにいる敏腕編集者たちが一斉に会社を辞めるのかと錯覚したが、幸い、そんなクーデターみたいなことではないらしい。

要するに、彼らの話をまとめると、会社の機能はあらかた所沢市に移転する。ただ、従業員はいわゆる在宅ワークとなり、打ち合わせや取材や会食には自宅から向かうのだという。

一瞬、「へえ、じゃあ、楽ですね。家だとのんびりできるし」と思ったのだが、実際はそう簡単なことでもないらしい。

たとえば、原稿を読むという編集者としての最大の仕事は在宅でも問題はない。ただ、編集者というのは、ある意味、人と会うのが何よりの仕事である。人と会って、会話をして、そこから何かが生まれてくる。

「……たとえば、新人社員の教育なんかをどうするかってことですよ」と件《くだん》のKADOKAWAの人。

「……これまでももちろん新人研修なんかはありましたけど、結局、新人というのは社内のコミュニケーションで育っていくわけですから、それがメールやスカイプのやりとりだけとなると、いったいどうなるのか」

要するに、これまでなら、新人がちょっと仕事をミスした場合、「おいおい、何やってんだよー」と人差し指で相手の頭をツンツーンで終わっていたのが、メールでのダメ出しとなるのだ。

ちなみにメールというのは、ちょっとだけ怒ってますよ、というニュアンスを伝えるのが、実はとても難しい。

とはいえ、世の中は間違いなく「会わないで済ます」という流れにある。

先日も銀行で口座を作ったのだが、狭い無人のブースに座らされ、担当してくれたのはモニター内に映る集中センターのスタッフだった。ただ、こういうシステムの場合、すべてが円滑なら問題はないのだが、このときブース内のコピー機が壊れ、「申しわけありません。近くのスタッフに声をかけてもらっていいですか」と、結局こっちの支店のスタッフがそのあと最後まで横に立っていたのだから、だったらもうこっちのスタッフがやってくれればいいのに、とは思った。

と、書きながら、そうだ、最近、僕もこういう最先端なことしたよ、と思い出す。

というのも、この欄のエッセイをまとめた『作家と一日』という本が文庫となって発売されたのだが、作家になって初めて担当編集者と一度も会わずに本を作ったのだ。すでに出版されている単行本を、そのままの内容で文庫にするという作業ではあるが、装《そう》幀《てい》も変わるし、やはり大仕事である。

担当者と会わなかったのは、特に理由があってのことではない。たまたま今回から新しい担当になり、どこかのタイミングで会おうとは思っていながら、なかなかその日程が組めずにいるうちに、結局、メールだけのやりとりで一冊の本ができてしまった。業界的には珍しい話ではないらしいが、まさか自分にこんな器用なことができるとは思っていなかったので驚いている。

ということで、世の中は間違いなくそちらのほうに進んでいる。

そんなときだからこそ、でもないが、二月下旬に『続　横道世之介《よこみちよのすけ》』という小説を出版した。これは十年ほど前に出した『横道世之介』という作品の続編で、正編では十八歳だった横道世之介が、今回の続編では二十四歳となっている。

ちなみに、続編の舞台設定が一九九四年のため、執筆にあたって当時の自分の日記を読み返したのだが、当然、携帯もメールもない時代、まあ、驚くほど大した用もないのによく人に会っている。

会うしか手段がないのだから当然だが、ちょっとした用でも会いに行き、会いに来られ、そして待ち合わせする。

一年分の日記を読み返してみて、一つ驚いたことがある。

「偶然、○○で○○に会った」という記述が、幾つもあるのだ。

本来、偶然会うのは小説では禁じ手の一つなのだが、実際にこうやって会っているのだからと思い、今回の『続 横道世之介』では、登場人物みんなに一度ずつ誰かと偶然に会わせている。

物語の中、偶然に会ったあと、恋人になる者もいる。偶然に会ったあと、疎遠になる者もいる。偶然がその人の人生を作るのだ。

人に会って何かを済ます世界というのは、もしかすると、偶然誰かと会う喜びを倍増させてくれるのかもしれない。とすれば、そんな世の中もそう悪くはない。

スター誕生

四月。始まりの月である。

この原稿を書いている時点ではまだ分かっていないが、本誌が機内のシートポケットに入るころにはいよいよ新元号も発表されていることだろう。新時代の始まり、わくわくする。

始まりといえば、今年（二〇一九年）の初めのことになるのだが、ある少年たちの始まりの瞬間に立ち会う機会に恵まれた。

というのも、昨年来「ホリプロメンズスターオーディション」なるものが開催されており、この決選大会に招待してもらったのである。

ちなみにこのオーディション、応募総数は六千五百人近くあったらしく、この決選大会では、その中から勝ち上がってきた八人のファイナリストがグランプリを争う。

というような情報を事前に知っていれば、こちらも緊張感を持って大会会場に向かえたのだが、あいにくぼんやりとした情報しか知らず、大会当日は、それこそ近所に散歩にでも行くような格好で出かけてしまった。

想像していた会場のイメージとしては、ちょっと大きめな会議室にホリプロや映画の関係者たちが集まり、粛々と面接のようなものが続く……というものだったし、だったら、その会議室の隅でこっそりと見学させてもらおうというくらいの気持ちである。

が、会場に到着してすぐに二の足を踏む。

まず会場だが、会議室どころか、ちょっとした劇場である。照明の当たる舞台は神々しいほどだし、客席はファイナリストたちのご家族や応援団をはじめ、多くの業界関係者たちで溢れ、何より背後にはずらりとテレビカメラまで並んでいる。

「こんなことなら、もっとちゃんとした格好で来ればよかった……」

と、入り口でモジモジしていると、早速ホリプロのスタッフの方が現れて、「どうぞ、中へ」と案内してくれる。

中へ入ったら入ったで、やはりこっそりと隅っこに隠れるわけにもいかず、羽住英一郎《はすみえいいちろう》監督やホリプロの社長さんにご挨拶となる。

ちなみに羽住監督はプレゼンターとしてこのあと舞台に立つらしく、全身黒ずくめでいつもながらセンスがいいし、ホリプロの社長さんはいつお会いしても若き粋人然とされているので、こちらはますます、「なんでよりによって、家の猫に引っ搔《か》かれて今にも中身が飛び出しそうなダウンなんか着てきちゃったんだろうなー」と後悔しきりである。

とはいえ、監督たちの隣に座らせてもらい、いざ決選大会が始まると、自分の服装のことなどどうでもよくなるほど、舞台を見てしまった。

ちなみにファイナリストは十四歳から十九歳までの少年たちが八人。羽住監督に演技指導を受けたという短い芝居を二人一組となって演じたり、それぞれが自己PRとして、特技のダンスや歌、ちょっとした漫談のようなものをやる。

正直なところ、始まった当初は、「うわー、これを一時間も見続けるの、きっついなー」と思った。

なにせ、六千五百人弱のイケメンの中から選ばれたイケメン中のイケメンが、そう面白くもない漫談をやったり、そううまいとも思えない歌を歌ったりするのである。

もちろんイケメンたちのほうでも、本来は（おそらく）不得意なことを、こんな大勢の前でやらなければならないのであるから、その緊張感たるや尋常ではなく、その緊張が客席にも伝わってくるものだから、もうこちらまで喉は渇くし、冷や汗は出るしで、舞台上の彼らを見てあげたほうがいいのか、目をそらしてあげたほうがいいのかも分からなくなる。

ただ、そのうちあることに気づく。

そうか、なにも彼らの漫談や歌やダンスの出来を見ることはないのだ。

僕らが見るべきなのは、こうやって緊張に震えながらも漫談や歌やダンスをやっている彼ら自身、原石としての彼らを見ればいいのだ、と。

そう気づいた瞬間、舞台に立つ彼らがとつぜん輝いて見えた。

照れ臭そうに芸を披露するイケメンではなく、ただそこに存在するだけの原石としての輝きである。

マグマのように熱を持った石もある。美しいマーブル模様の石もあれば、つい拾い上げたくなるような形をした石、今にも割れてしまいそうな石、水に濡《ぬ》れたように色気のある石、とにかく原石である彼らの姿が、その原石のまま見えてきた。

それからは食い入るように舞台を見ていた。彼らには夢があり、夢を語る彼らの言葉を聞きながら、とても清々《すがすが》しい気分になる。彼らの夢がとても清潔に見え、心から応援したいと思える。

やはり人間というのは、何かを始めようとしているときが一番臆病で、そして一番勇敢なのだと思う。

最終審査の結果、グランプリに選ばれたのは、まだ十四歳の鍛治原日向《かじはらひゅうが》くんという群馬県出身の男の子だった。発表の直後、一身にライトを浴び、受賞に戸惑っていたその姿は、自分がどれほど澄んでいるのかを知らない清流のようでもあり、納得の結果である。

グランプリは逃したが、他の七人にも本当に良い時間をもらえた。彼らが夢に向かって戦っていた姿は決して忘れることはないだろうし、いつかどこかで彼らの姿を見られることを心から願っている。

ところで、無事に決選大会が終わったあと、会場のバックヤードで簡単な祝賀会があるというのでお邪魔させてもらった。

祝賀会のあと、グランプリ受賞者は早速囲みの記者会見があるという。会見の模様は、翌朝のワイドショーや新聞等々で紹介され、まさに一夜にして人生が変わるのである。

こうやって誰かの人生が変わる瞬間に立ち会えるというのはとても気分がいいし、こちらまで縁起がいいような気がする。

ちなみに現在、芥川賞の選考委員をやっているので選考会のたびに、そんな瞬間に立ち会えている。もちろん選考は大変な仕事だが、それでも受賞直後に記者会見にのぞむ受賞者の姿をテレビで見ると、なんというか、しみじみ良かった、と思う。

「本当におめでとう。活躍、楽しみにしてますよ」

このときもグランプリ受賞者の鍛治原日向くんと握手を交わした。

「がんばります」

力強くそう答えた彼が、「さあ、最初のお仕事だぞ」とスタッフに肩を叩《たた》かれながら、大勢の記者たちが待つ会見会場へと向かう。そのまだ小さな背中を見送る。

四月。始まりの月である。

今月から新しい何かを始めようとしている方も多いと思う。みなさん、あなたたちは今、一番臆病で、そして一番勇敢です。

ファインプレーに酔う

流れるように連携のとれたファインプレーというのは、見ていて気持ちの良いものであるが、つい先日、幸運にもそんなファインプレーに参加できた。

場所は近所のスーパーマーケット。

と書くと、一気にスケールが小さくなるが、とにかく最後までお付き合い願いたい。

その日、久しぶりに自炊でもするかと冷蔵庫を開けてみたのだが、あいにくネギがない。ネギ一本、買いに出かけるのは面倒だが、作りたい料理にはネギがいる。

結果、近くのスーパーまで行くことにした。

日曜の夕暮れ時で、スーパーは超満員である。ちなみにこのスーパーはさほど広くなく、レジにできた行列は漬物コーナーから、卵、精肉と並ぶ通路に伸びるのだが、この通路がまた極端に狭く、カゴとカゴがぶつかり合うのは当たり前で、注意していないと買おうとした卵のパックを並んでいる人のカゴのほうに入れてしまうほどである。案の定、と、とにかく客の多い夕方の上、この日はTポイント五倍デーの日曜である。

レジには長い行列、その最後尾にネギ一本持って並ぶのも憚《はばか》られ、日持ちのする海苔《のり》と鰹節《かつおぶし》もカゴに入れた。

行列の前方がざわついたのは、それからしばらく経《た》ったころだった。見れば、若い女性が列に横入りしてレジのほうへ行こうとしている。

声を上げる者はいなかったが、行列の無言の抗議はその場の空気を緊張させる。それでも若い女性は列をかき分け、一番奥のレジに向かう。

「ちょっと！」

と、いよいよ誰かが声をかけそうになった瞬間、その女性が割り込みをした理由が判明した。

どうやらこの女性、一番奥のレジで会計中だった老婦人が店内のどこかに置き忘れたらしい売り物の花を届けにいったらしいのだ。

女性は、この老婦人が花を置き忘れたのか、元に戻すのが面倒で、わざとそこに置いたのかが分からなかったらしく、持ってくるのを躊躇《ためら》っていたらしいのだが、とりあえず声をかけてみたということが、なんとなく二人のやりとりから伝わってくる。

老婦人がとても感謝しているところを見れば、やはり彼女は置き忘れたのである。若い女性はまたレジの列を縫うようにこちらへ戻り、自身の買い物へと戻っていった。こういう行為は簡単そうで、つい面倒になるのに、優しい子だなあと素直に思う。

その後、なんとなく気になって、レジの老婦人を見ていた。

会計は終わっているはずだが、なかなかその場を動かない。お釣りを財布に戻すのに手間取っているのかと思いきや、そうではなく、「買った品物をここでレジ袋に入れてくれないか」と、レジ係の男性に頼んでいるのだ。

レジには長い行列である。ヒマな時間帯であれば、レジ係の男性もすぐに手伝ってやるのだろうが、後ろには次の客がイライラして待っている。状況的には老婦人は面倒な客でしかない。

「じゃあ、少しだけ待ってて下さい。次にお待ちのお客様のあとでやりますから」

ちょっと邪険に見えたが、店側としてはいたしかたない。

と、その時、老婦人が申しわけなさそうに声を返す。

「すいません。でも、あんまり長く立っていられなくて」

見れば、彼女は片方の手でしっかりとカートを杖《つえ》代わりに握っている。少し御御足《おみあし》も悪いのか、確かに立っているのも辛そうである。

やはりレジ係の男性も老婦人の状況に気づいたらしく、

「ちょっとすいません」

と、次の客に頭を下げ、先に彼女の手伝いをしてあげる。

よかったよかった、と安堵《あんど》しているうちに、自分の番が来た。

こちらはネギと海苔と鰹節だから、会計も早い。料金を支払って店を出ようとすると、今度はドアを塞《ふさ》ぐように中年の女性が仁王立ちして店内を覗《のぞ》き込んでいる。

邪魔だなー。

露骨に迷惑そうな顔をして、その傍らをすり抜けた。

ん？

ふと、気になったのは、店を出て少し歩いたときである。

今の中年女性、もしや……。

なんとなく気になって戻ると、やはりそうであった。仁王立ちしていた中年女性も、やはりあの老婦人のことが気になっていたようで、見れば、婦人が使ったカートを片付けてやり、重そうなレジ袋を、「大丈夫ですか？　こちらの手にかけて大丈夫ですか？」などと甲斐甲斐《かいがい》しく世話を焼いている。

しばらく眺めていると、老婦人の足を気遣うようなゆっくりとしたスピードで二人が店を出てきた。見れば、中年女性も重そうなレジ袋をその太《ふと》り肉《じし》の両手に提げている。それもそのはず、今日はTポイント五倍デーなのである。

「あの」

思い切って声をかけた。

「お近くまでお持ちしますよ」

当の老婦人はとても恐縮されたが、中年女性とは、「じゃ、あとは頼んだわよ」「おまかせ下さい。こちらはネギと海苔と鰹節、軽いものばかりですから」と頷《うなず》き合った。

老婦人の手からレジ袋を受け取り、ゆっくりと横断歩道を渡った。

「本当にすいませんねえ。いつもはヘルパーの方にお願いしてるんですけど、今日はヘルパーさんが早く帰ってしまって。お仏壇のお花をね、お願いするのを忘れてて」

交差点の斜向《はすむ》かいに建っているのが、彼女のマンションだった。健康な人の足なら、信号が変わるのを待っても、歩いて一、二分の場所である。ただ、この距離が途方もなく遠い人もいるのである。

マンションの入り口で彼女にレジ袋を渡すと、「本当に優しい方ばっかりで助かりました」と礼を言われた。

その歴代の優しい人たちの顔が浮かぶ。レジに割り込みした人。邪険なレジ係。入り口で通行の邪魔をしていた人。とすれば、僕などは彼女の荷物を持ち逃げでもするように見えたかもしれない。

自宅へ戻る途中、またスーパーの前を通ったのだが、狭くて品揃《しなぞろ》えもそこそこで、不便だとばかり思っていたこの店が、なぜだか急にいい店に思えてきた。

世界のスープ

ここ数年、海外旅行へ出かけると、その土地のスープを飲むことを楽しみの一つにしている。

考えてみれば、昔からスープ好きである。とはいえ、食卓に手の込んだスープが出てくるようなしゃれた家庭ではなかったので、最初に好きになったのはいわゆる粉末のインスタントスープであった。

中でもコーンクリームスープやポタージュが好きで、寒い朝、まだ寝ぼけたまま、フーフーとカップに息を吹きかけながらよく飲んでいた。少し年上の従姉《いとこ》がいるのだが、当時ちょっとヤンチャだった。となると、その遊び仲間たちもちょっとヤンチャになる。そんなヤンチャたちの溜《た》まり場に、従姉はよく僕を連れていった。小学生の僕を連れていけば、多少帰宅が遅くなろうと、悪さをしているとは思われず、親に叱《しか》られなかったからだ。

溜まり場で、リーゼントで眉毛《まゆげ》のない兄さんたちや赤いカーリーヘアの姉さんたちがよく飲んでいたのが、このインスタントスープだった。もしかすると、このヤンチャたちの溜まり場で初めて飲んで、僕はスープ好きになったのかもしれない。

ちなみに海外でスープに開眼したのは、台湾である。まあ、食に関していえば、台湾ではスープ以外にも、あれもこれも開眼しているのだが、とにかく台湾で飲んだチキンスープの味は鮮烈だった。

日本の中華料理店などで出てくるチキンスープは、どちらかといえばとろりとしている。その餡《あん》かけっぽいスープにほぐしたササミが絡まって、それはそれで旨《うま》いのだが、台湾のチキンスープはそれとは違って、どちらかといえば、すっきりとしていた。

透明なスープの表面に鶏の脂が浮かんでいて、鶏肉はほぐさずに皮つきのままごろっと入っている。

見た目は日本のお吸物のようだが、味は濃い。鶏肉をコトコトと何時間も煮込みに煮込んだ結果、余分なものが全部削《そ》ぎ落とされて透明なスープだけが残った、とでもいえばいいだろうか。

とにかく食に関してはどんな国よりも貪欲《どんよく》で洗練されている台湾では、「鶏精《ジージン》」と呼ばれるチキンスープのエキスがコンビニなどでも簡単に手に入る。この鶏精、イメージとしてはユンケルとか、栄養ドリンクみたいな扱いで、日常的にもよく飲まれている。味に好き嫌いはあるだろうが、もし飲んでみたいという方がおられれば、「白蘭氏」という鶏精をお薦めしたい。

アメリカでは、ニューヨークで飲んだオニオンスープと、サンフランシスコのクラムチャウダーが忘れられない。ニューヨークはわざわざこのオニオンスープを飲むためだけにダウンタウンへ行った。

「何人？　じゃ、そこのカウンターに並んで座って！　席は空けないで、奥から詰めて！」

と、とにかく乱暴なマダムが経営する店だったが、この接客でも大繁盛なのだから味に自信がないわけがない。

サンフランシスコのクラムチャウダーは、味よりもロケーションが良かった。市街地からゴールデンゲートブリッジを渡った対岸で、ドライブコースがあり、途中、眼下に真っ青な海にかかるゴールデンゲートブリッジが見下ろせた。そこにクラムチャウダーを売るワゴンが出ていた。肌寒い日だったが、フリースのジッパーを喉元まで上げてスープを飲むと、体が芯《しん》から温まった。

ブルガリアの首都ソフィアでは、タラトルという冷製スープにチャレンジした。ブルガリアといえばヨーグルトということで、このスープもヨーグルトから作られているのだが、たっぷりのキュウリとハーブ系の野菜も入り、なんといっても表面に振りかけられた粉末のガーリックの、ヨーグルトとの相性がいいこと、いいこと。あまり冷製スープは得意ではないのだが、これは短いヨーロッパの夏にぴったりだった。

ちなみにこのソフィア、立派な首都なのだが、わりと大きな通りにも横断歩道はあれど信号がなかった。信号がない通りを車やバイクに怯《おび》えながら渡るというのは、アジアの混沌《こんとん》の専売特許ではないらしい。ただ、このブルガリアという国、人がとても優しい上に、交通マナーが良い。もしかすると、日本より良いかもしれない。とにかく横断歩道を渡ろうとすると、必ず車は止まってくれる。かなりスピードを出していても、必ず止まり、「先にどうぞ」と手で合図を送ってくれる。

人間と車では間違いなく車のほうが強いのだから、強いほうが道を譲る。そんな当たり前の風景が世界中で見られるようになってほしいものである。

そういえば、ブルガリアのお隣のトルコに行ったときには、また事情が違った。イスタンブールといえば、人口千五百万人の世界有数の大都市であり、またアジアとヨーロッパ、それぞれの混沌でマグマのように沸いている。

数十センチ隙間《すきま》があれば、車が割り込んでくるようなところで、決して運転マナーがいいとは言えないが、これまた不思議なもので車を降りてしまうと、なんともフレンドリーな人たちで、多少の運転マナー違反など水に流してしまいたくなるほど魅力的な人が多い。

このイスタンブールでも何種類かスープを飲んだのだが、噴水を囲むように並んだ旧市街地のシーフードレストランでは、歌あり踊りありの賑《にぎ》やかさで、自分が何のスープを注文したのかも忘れるほどだった。それでも、おそらく豆系のスープにヨーグルトが少し入ったような、野菜たっぷりのスープは、やはり肌寒かったイスタンブールの夜の、とても良い思い出となっている。

もちろんアジアにも美味《おい》しいスープはたくさんある。数年前にこの『翼の王国』での連載でも紹介したカンボジアのスープなど、未だにその味が蘇《よみがえ》ることがある。透明なサワースープで、豚肉とたくさんの根菜、レモングラスが強めで、漢方寄りの味付けながら苦味は薄く、味は濃厚。とにかく力のつきそうなスープだった。

ざっと思い出しても、いろんな国のいろんなスープが浮かんでくる。そして美味しそうにスープを飲む、いろんな国の人たちの顔もまた蘇る。

人がスープを飲む姿というのは、なぜあんなにも無防備に見えるのだろうか。

フォークとナイフを持っていては、そうは見えない。箸《はし》でさえ、見ようによれば緊張感が出る。言ってみれば、フォークやナイフや箸は剣であり、あの丸いスプーンは盾なのかもしれない。丸いスプーンで、柔らかいスープをすする。そこに一切の敵意がないのは当たり前だ。

ここまで書いて、ふと気づいた。

そうか、子供のころもそう思っていたのかもしれない。リーゼントや赤髪のヤンチャな兄さん姉さんたちと一緒にいて、まったく恐怖心を感じなかったのは、きっと彼らもまた美味しそうにスープを飲んでいたからだ。

トルコに馴染む

馴染む。

本来、この「馴染む」という言葉は、環境などに次第に慣れてきて違和感がなくなることを意味すると思うのだが、たまに初めて訪れた場所なのに、次第に慣れるのをすっ飛ばして、すぐに心が緩んでしまうことがある。

そう、馴染んでしまうのである。

たとえば、先日訪れたトルコがそうであった。

深夜到着の便で、イスタンブール空港内は閑散としていた。荷物を受け取って、トイレに入る。外国のトイレに初めて入ると、見慣れない形をした便器だったり、ひどく汚れていたり、極端に広すぎたりと、なんとなく身構えてしまうのだが、なぜかイスタンブール空港ではそうでもなかった。もちろん広さに対して便器の数は極端に少ないし、便器の形もやっぱり斬新だったりしたのだが、まるで日本にいるような気分のままだった。

深夜営業していたカフェでコーヒーを買う。そこしか開いていないので、深夜のわりに混んでいて、地元の人はもちろん、休憩中の空港スタッフたちの姿もある。

店内をぐるりと見渡した同行の担当編集茅原《ちはら》さんが、「あの、なんか……」とポツリと呟《つぶや》く。

実は、その時点で僕自身もなんとなく気づいており、「ですよね？」と、思わず先に応えてしまった。

そうなのである。なんというか、トルコ人の男たちの風貌と自分の風貌がとても似ているのである。

長時間のフライトで、こちらの無精髭《ぶしょうひげ》も伸び放題。元々、顔は濃いほうだし、なにより禿《は》げ上がった坊主頭の形がとても似ている。

そういえば、さっきトイレに入ったときも、ちょうど同じタイミングでトルコ人が出てきたのだが、似たようなトレーナーを着ていたせいもあって、大げさではなく、一瞬そこに鏡があるのかと思ったほどだった。

なるほど初めて入った外国のトイレに違和感がなかったのはこのせいか、と改めて店内を見渡せば、なるほど似ている、というよりも、親戚に囲まれているような安心感に満ちてくる。

まだ空港から一歩も出ていなかったが、この国を好きにならないわけがないと確信した。

実際、イスタンブールの街にはとても馴染んだ。

宿泊したのが、いわゆる旧市街地で、石畳の急な坂道はなんとなく故郷長崎のようだったし、なにより夜になると、その石畳がオレンジ色の電燈に照らされて、少し濡れたように見えるのが懐かしかった。

とはいえ、日中の街の賑わいは凄《すさ》まじい。

アジアとヨーロッパが交差する世界の都と呼ばれているのは真っ当な評価で、「猥《わい》雑《ざつ》」「混沌」「無秩序」「乱脈」などというのは、ここイスタンブールで生まれた言葉なのではないかとさえ思われた。

十五世紀半ばに造られ、六十六の街路に四千軒におよぶ商店が入り乱れるという有名なグランドバザールはもちろんのこと、ありとあらゆる物を売る店が、グランドバザールの周囲にも広範囲に広がっている様子は、高々と積み上げた色とりどりの宝石が崩れ広がるような圧巻の風景で、狭い路地に人々がひしめき合っているのは当然ながら、行き交う路面電車のあとさきにも、途切れた車列の間にも、隙あらば人々が割り込んでくる。

まさに世界各国から集まってきた人たちで、美しい民族衣装をまとったアラブ系の女性とユニクロのポロシャツを着た若いカップルがすれ違う。

隙間なくあるのは店舗も同じで、宝石や銀食器やナイキのスニーカーやペルシャ絨《じゅう》毯《たん》、とにかくそれぞれの店内に陳列されたありとあらゆる商品が、雪崩《なだれ》を起こして通りにまで流れ出ているような状況である。

これら店舗を見れば、こんな大量の商品がちゃんと売れるのかと心配になるが、ひとたび視線を通りに向ければ、これだけの人たちにちゃんと商品は足りるのかと、逆の心配事が浮かんでくる。

とにかく、この旧市街地の活気と喧騒《けんそう》に気圧《けお》されながら十五分も歩いていれば、世界中の商品という商品は、ここイスタンブールにすべて集まっているのではないかと、誰もが錯覚するに違いない。

ちなみに、有名なグランドバザール内は案に違わず美しかった。

こういう場所へ行くと、店員さんの呼び込みとかしつこいんだろうなあ、と少し尻込みしていたのだが、すっかり時代は変わったようで、流暢《りゅうちょう》な日本語を話す店員さんも、わりと放っておいてくれるし、もっといえば、彼らが客の応対そっちのけで飲んでいる出前のターキッシュコーヒーのうまそうなことと言ったらなかった。

それでも、店先に飾られた見目麗《みめうるわ》しいペルシャ絨毯を眺めていると、

「それ、チョー高いよ」

と、そこはすぐに反応してくれる。

試しに値段を聞いてみれば、おっしゃる通り、半畳ほどの絨毯がなんと百万円なり。

バザールを出ると、しばし喧騒を離れてイスタンブール大学がある丘のほうへ足を延ばした。

途中、石畳の急な坂道を歩いていると、とつぜん民家の窓が開き、おばさんが生ゴミをドバッと捨てる。

さすがに眉を顰《ひそ》めたが、見れば、すぐに猫が二匹駆け寄ってきて、サバらしき魚の身を美味しそうに食べ始めた。

捨てるのなら道端だろうが、おばさんは窓の縁に置いたのだ。ドバッという置き方が乱暴だっただけである。

うまそうに餌《えさ》を食べ始めた猫は野良ながら、まったく人を警戒していない。撫《な》でても、気にせず食べ続けている。きっと界隈《かいわい》で可愛がられているのだろう。

丘へ上がると、ちょっとした芝生の公園があった。見れば、こちらでは野良犬の親子（たぶん）が、一切の警戒心を解いて昼寝している。

これだけ猥雑な街なのに、猫も犬もこんなにのんびりしている。とにかく不思議な街である。あまりにも時間や人の流れが速すぎて、まるで公園のベンチみたいに心地よさだけがポツンと置いていかれたような街なのである。

その夜も、旧市街を歩いた。昼間は賑やかだった商店はすべて商売を終えている。驚かされたのは、路地に溢れかえったゴミの山だ。スニーカーの入っていた箱が潰されて、そのまま石畳に捨てられている。プラスチックのカップ、紙袋、ダンボール……、この国にゴミ箱はないのかと思うくらいの惨状である。

だが、すぐにその理由が分かった。狭い路地を清掃車が縦横無尽に走り回り、まるで掃除機みたいに片っ端からそのゴミを片付けていくのだ。その手際の良さと言ったらない。

なるほど、散らかすだけ散らかして、掃除するときは一気呵成《いっきかせい》に、らしい。ずぼらだが、合理的なのだろう。

なんだか、風貌だけでなく性格までこの国に馴染むような気がして仕方なかった。

星降るランプの宿・長野

全国各地に「ランプの宿」と呼ばれる旅館がいくつもある。

実際に、現在もランプだけで営業しているところはさすがに少ないだろうが、「ランプの宿」と聞いて、その静寂を求めて訪れる客は多いのだろうと思う。

かく言う私も、ランプの宿という響きに弱い。

油に湿った灯芯にぼんやりと火が灯《とも》り、人影が揺れ、微《かす》かな石油の臭いが辺りの音という音を吸い込んでいく。

静けさというものが最高の贅沢だと思うようになったのは、いつ頃からだろうか。川のせせらぎや、風に揺れる木々の葉を、愛おしく思えるようになったのはいつ頃からだっただろうか。

今年、東京で初の夏日となった日、所用で訪れた新緑の軽井沢からの帰りに、少し足を延ばして小諸《こもろ》へ向かい、高峰高原にある、やはりランプの宿として名高い高峰温泉に宿泊した。

軽井沢を出るのが遅れ、途中道を間違えたりして、結局、宿に到着したのは午後六時前となった。まだ日はあったが、あいにく楽しみにしていた「標高二千メートル・雲上の野天風呂」は、訪れた時期は六時でしまってしまうらしい。

「すいませんね。でも明日もお天気良さそうなので、明日の朝、また行ってみて下さいね」

「いえいえ、こちらこそ五時には着けると思ってたんですけど」

「お食事がね、六時からなんですけど、お着きになったばかりですからね。内湯にでも入って、少しゆっくりされてからのほうがいいですよね」

「すいません、ありがとうございます」

遅れたのはこちらなのだが、なんとも気持ちの良いお迎えに、遥々《はるばる》足を延ばしてきてよかったと素直に思う。

ちなみに、これまで長野県を訪れて、嫌な目にあったことがない。長野駅前の商業施設内で道を尋ねたときや、ふらっと寄った市内の飲食店や商店、そしてこのランプの宿でもそうだが、長野の人というのは、その言葉遣いや応対にどこか品がある。サービス業の人たちだけなら他の県でもそうかもしれないが、長野では、たとえばスタバで並んでいる若い人も、押し付けがましくない程度に親切で、遠くのメニューを目を細めて読んでいると、

「これどうぞ」

と、近くに置いてあったらしい紙のメニューをすっと渡してくれたりする。

「そんなのたまたまですよ。いろんな人がいますって」

と長野県出身の知人は謙遜するが、とはいえ、これまで何度も訪ねて、嫌な思いをしたことがないのだから、教育県とはよく言ったものだと感心させられる。

そんな長野のランプの宿で過ごした一夜は、なんとも気持ちの良いものだった。他の客がすでに夕食中ということもあって、夕日に染まる高峯《たかみね》渓谷を見下ろせる内湯は独り占め、強い硫黄泉のお湯ながら冷泉のままの湯と加熱湯の湯殿《ゆどの》があって、交互に浸《つ》かっているうちに夜空に星も瞬き始める。

素朴な山菜料理には鴨肉《かもにく》が出て、少しわがままを言って、持参したブルゴーニュの赤ワインを飲ませてもらった。

夕食後、宿のスタッフに誘われて、天体観測に参加した。と言っても、旅館の玄関を出たところが観測場所で、照明が落とされた駐車場は足元も見えぬほどに暗い。

宿のスタッフが、大熊座、北斗七星と様々な星が見える位置に固定してくれる天体望遠鏡を、客たちが順番に覗いていくのだが、望遠鏡で見る天体はもちろんのこと、肉眼で見上げた星々の美しさたるや、まさに奇跡のようだった。

宿へ戻って、暖炉に当たりながら里見弴《さとみとん》の小説を読む。岩波文庫から昨年、復刻版がいくつか出ていて、里見弴ファンとしては嬉《うれ》しい限りである。

読みふけっていると、いつの間にか宿の客たちも寝静まってしまったようだった。せっかくなので、もう一度湯に浸かろうと、また内湯へ向かった。

誰か入っているようで、脱衣所の棚に一人分の服がある。ただ、浴衣《ゆかた》ではない。がらりと扉を開けて入り、ランプの明かりだけの湯殿に動く人影に、

「こんばんは」と声をかけると、

「こんばんは」と、あまり愛想も良くない若い人の声が返ってくる。

掛け湯して、まずは加熱湯の湯殿に浸かった。濃い湯けむりの中とはいえ、そう広くもない浴室なので、隣の冷泉に浸かっている若者の揺らす湯はこちらにも伝わってくる。

しばらく浸かっていると、だんだんに体も火照《ほて》ってくる。隣の冷泉に移りたくなり、なんとなく挨拶のつもりで、

「どちらからですか？」と声をかけた。

「あ、いえ。ここでバイトしてて」

返ってきた予想外の言葉に、「え？　ああ」と妙に驚いてしまった。

立ち上がり、冷泉へ入ろうとすると、若者が場所を譲って出ていこうとする。

「あ、いいですよ。大丈夫ですよ、入れますよ」

慌てて声をかけたのだが、若者は、「いえ、もう出ますから」と素っ気ない。

「すいませんね、なんか」

と言いながらも火照った肌に冷泉は気持ちよく、そのままズブズブと肩まで浸かってしまう。

若者が脱衣所で慌ただしく体を拭いて出ていく様子を、なんとなくすりガラス越しに眺めていた。このとき、私の脳裏に浮かんでいたのは、まだ十代の頃、八ケ岳《やつがたけ》の麓《ふもと》にあったペンションで住み込みのアルバイトをしていたときの記憶で、冬場だったこともあり、バイトが風呂に入れるのは二日だか三日に一回、客が寝静まった深夜と決まっており、早朝から働き続けで疲れた体を、やっと広い湯船に伸ばしたときの懐かしい解放感だった。

思い出してみれば、東京に暮らす大学生が、わざわざ山奥のペンションで住み込みのバイトをしようと思ったのだから、何か理由はあったはずである。今ではすっかり忘れてしまったが、まさか十九歳の男が川のせせらぎや風に揺れる木々の葉に焦がれていたはずもなく、とすれば考えられるのは失恋くらいのものである。

冷泉から、また加熱湯の湯殿に戻りながら、なんとなくすりガラスの向こうの脱衣所に目を向けた。すでに若者の姿はない。ただ、無愛想な態度だったが、妙な親近感を覚え、気がつけば湯殿で手足を伸ばしながら微笑《ほほえ》んでいた。

翌朝、早起きして念願の野天風呂へ向かった。

向かう途中、廊下で昨夜のバイト君らしき人とすれ違った。

「おはようございます」

昨夜とは違う清々しい挨拶に、「頑張れよ」とでも声をかけたくなる。

宿を出て獣道《けものみち》を少し歩くと、空に浮かんだような湯船が一つポツンと置いてある。

持参したカゴに浴衣を脱いで、空に飛び込むように湯に浸かる。

眼下には見事な雲海が広がっていた。

五感を刺激する場所

五感を刺激する。

改めて書くと、ちょっと気恥ずかしさもあるが、とはいえリゾートというものは、やはりこの感覚を味わえるかどうかが極めて重要だと思う。

たとえば、避暑地や避寒地がある。夏のリゾートがあり、冬のリゾートがあり、春の、秋の名所がある。

上高地《かみこうち》、軽井沢、ハワイ、パタヤ、湘南《しょうなん》、石垣島、マッターホルン、青森のランプの宿・青荷《あおに》温泉……と、ちょっと目を閉じただけで、これまでに五感を刺激されたリゾート地の数々が浮かんでくる。

月明かりに浮かぶマッターホルン、椰子《やし》の葉を揺らすハワイ島の風、ひんやりとした上高地の川の流れ、石垣島の海ぶどう、そして小さなランプを灯すアルコールの匂い。

視覚、聴覚、触覚、味覚、嗅覚が、ひらいていくような感覚が満ちてくる。

実はここ数年、ちょっと自分でも笑ってしまうのだが、たとえば雪景色を眺めながら露天温泉などに浸かっていると、知らず知らずに漢字の「快」という字が、まるでシャボン玉のように浮かんできて、

「あー、気持ちいい」

と思う代わりに、

「快、快、快、快、快……」

と、その無数の「快」の字を頭の周りに思い浮かべていることがある。

ちょっとバカらしいのだが、これがなんともリラックスできる。

などという、ちょっと奇妙なリラックス法は置いておいて、五感を刺激する場所に話を戻せば、前述したようなリゾートとなるとどうしても都会ではなく自然をイメージしてしまうことが多い。実際、自然というものは五感を刺激する。

ただ、僕は、東京のど真ん中にもこの五感を刺激してくる場所があることを知っている。

まさに視覚、聴覚、触覚、味覚、そして嗅覚が、波打って喜ぶようなその場所は、新宿にあるパークハイアット東京というホテルだ。

このパークハイアット東京、今年で開業二十五周年を迎えた。開業

思い起こしてみれば、このホテルの存在を教えてくれたのは浅田彰《あさだあきら》さんだった。開業から数年後のその当時、僕はまだ二十代で文學界新人賞を受賞して作家としてデビューしたばかり、選考委員でもあった浅田さんがお祝いに食事でもと誘ってくれたのが、ニューヨークグリルというこのホテルのメインダイニングだった。

初めてパークハイアット東京を経験したときの感想を一言で表すとすれば、「〝東京〟を見つけた」に尽きる。

十八歳で長崎から上京して、すでに十年近くその「東京」で暮らしていたはずなのに、生まれて初めてまぎれもない「東京」を経験しているような気がしたのだ。

その夜、浅田さんはいろんな話をしてくれた。文学のこと、映画のこと、日本のこと、世界のこと……。知の巨人である浅田さんの口から溢れる言葉を聞き逃さないように、必死に食らいついていた記憶がある。

かなり緊張していたはずだが、未だにはっきりと覚えているのは、メインの料理を注文するとき、「タルタルステーキ」を選んだことだ。実はこの当時、僕はこのタルタルステーキなるものが何なのかを知らなかった。正直に告白してしまえば、メニューに載っているのは当時の僕には一週間分の食費が飛ぶような高価な料理ばかりで、浅田さん

に遠慮したというより、自分の胃に遠慮して、中でも一番安かったタルタルステーキなるものを注文してしまったのだ。

「吉田くん、タルタルステーキ好きなの？」

と浅田さんが驚かれ、「え、ええ。好きです」と答えたはずだ。

浅田さんも驚くはずで、生肉ステーキを好んでメイン料理に注文する日本人など滅多にいない。

とはいえ、その日を境に、このホテルに魅了され、事あるごとに通うようになったのは間違いない。

本来ならここで、このホテルの何が五感を刺激するのかを書くべきなのだろうが、まだ行ったことのない人には、ぜひご自分の五感で経験していただきたいので、今回は敢《あ》えて書かずにおこうと思う。

もちろん宿泊しなくても、食事やお茶だけでも存分にその魅力は味わえるはずだ。

ただ、敢えてもう一言だけ付け加えさせてもらえば、このホテルを知ることができた自分と、知らぬままだった自分とでは、まったく別の自分が出来上がっていただろうということだ。

大げさに言えば、何が本物で、何が偽物なのか、その真贋《しんがん》を見極める基準が変わっていたのではないかとさえ思う。

そういえば、以前にこのホテルのプールで泳いでいると、とある地方から来たという十九歳の青年に声をかけられた。

東京の夜空に浮かんでいるようなプールには、僕ら以外に客はいない。

「すいません、せっかく気持ちよく泳がれてるのに、声なんかかけてしまって」

青年はとても礼儀正しかった。

聞けば、この日、ここパークハイアット東京で姉の結婚式があったらしかった。

「両親や親戚たちは酔っ払ってもう寝てるし、姉たちは二次会でいなくなっちゃうし、せっかくこんなホテルに泊まってるのに、すぐに寝ちゃうのももったいなくて、ちょっとビビりながらも、このプールまで来てみたんです」

青年はよほど人恋しかったのか、自分や両親は田舎者だし、さらに自分なんか予備校生の身分だから、こんなホテルに泊まるなんて十年も二十年も早いですよ、だとか、こんな立派なホテルで結婚式を挙げてくれた義理の兄には、この先もう親戚中で頭上がらないですよ、などと謙遜してみせるのだが、ただ、その声や話し方からは、おそらく感動的だったのだろう姉の結婚式を終えた直後の弟の興奮と、おそらく自慢できるのだろう義理の兄を得た青年の喜びとがストレートに伝わってきて、なんだか話を聞いているだけで、こちらまで祝福したい気分になっていた。

「すいません、なんか一方的に喋《しゃべ》っちゃって」

ふと我に返ったように謝った青年が、隣のコースで泳ぎだす。その背中を目で追いながら、急にこの青年が羨ましくなる。

きっとこの青年は、最初に一番いいものを見ることができたのだと。それがどれほど贅沢なことなのか、きっとまだこの青年は気づいていないのだろうなと。

猫と平和な夏

あれだけ「夏といえば海！」だった人間が年を重ね、気がつけばいつの間にか夏になると涼を求めて山へ行く機会が増えている。

このように趣味嗜好《しこう》というのは人間でもそうであるように、年をとれば猫も変わってくるものらしい。

うちにはベンガルの金ちゃんとスコティッシュフォールドの銀ちゃんという二匹の猫がいるのだが、ここ最近、二匹の居場所が変わってきて面白い。

まず金ちゃんのほうだが原産国はアメリカながら、インドのベンガルに由来する種らしいので暑いのが好きである。東京の猛暑日に好んで窓際の日向《ひなた》で昼寝をしており、さすがに焼けてしまうのではないかと、ときどき撫でにいくのだが、撫でるとゴロンと熱い腹を見せて喜んでいる。

それが去年の夏辺りから日向ではなく、エアコンの風が当たる場所で昼寝をするようになり、これまで夏場などは私が寝ているベッドに上がってくることもなかったのに、最近では扇風機の風が当たるベッドの隅を自分の寝床と決めている。

一方、銀ちゃんのほうはスコットランド原産だけあって、昔から暑さに弱い。夏場はエアコンのついている部屋か、浴室などの冷たいタイルの上にしかいなかったのだが、最近では日向とまではいかないが、外気で熱くなったガラス窓にペッタリと張りついて、外を眺めたり、まどろんだりしている。

ただ、暑くなると銀ちゃんの機嫌が悪くなるのは毎年のことで、「アーン、ウーン、ムーン」と、私のあとをあっちにもこっちにもついてきて、「暑いよ、うだるよ、蒸すよ」と苦情でも言っているように鳴く。

この銀ちゃんが今年の夏の初めに、歯の病気で入院した。幸い、数本抜歯して事なきを得たのだが、初診の際、「ずっと痛かったねえ」と女医さんに撫でられている銀ちゃんを眺めながら、「気づいてやれず申しわけない」と心の中で謝った。猫の「アーン、ウーン、ムーン」にも、ちゃんと意味はあるのである。

さて、この通院と入院の期間中、我が家では大変なことが起こる。病気なのは銀ちゃんなので、必然的に銀ちゃんだけが外出となる（行き先は病院だが）。

となると、金ちゃんが異常なやきもちを焼くのである。外でこいつだけ何かうまいものを食ってきたに違いない。外でこいつだけ最新の猫じゃらしで遊んでもらってきたに違いない。外でこいつだけ、とにかく何かしてきたに違いない。

と、病身の銀ちゃんを、噛《か》む、叩く、追いかけると、大騒ぎになるのだ。

ちなみに銀ちゃんは噛めないので爪を立て、「あの猫、ちょっと勘弁してよ。あんた、飼い主でしょ」とでも言いたげに、「アーン、ウーン、ムーン」と苦情を申し立てにくる。

その上、この状況は、病院から戻ってきた銀ちゃんを、金ちゃんが「お前は銀ちゃんだな」と認めてからのことであり、それ以前には病院で他の猫の匂いがつくのか、「お前、誰だ?」「お前、銀太郎じゃない!」と、シャーッ、シャーッ、と毛を逆立てて威《い》嚇《かく》するのである。

銀ちゃんは銀ちゃんで、「なんだ、こいつ」と、そんな金ちゃんを軽くあしらうものだから、さらに金ちゃんも引くに引けなくなり、大ゲンカとなる。

これが一時間や二時間なら、まだいい。ただ、徐々に距離感は縮まるにしろ、こんな状況が通院だと四、五日、入院だと一週間も続くのである。

壁にかけたカレンダーを見れば、三日後に術後検診、十日後に抜糸、と次の通院予定が書き込んである。

考えただけで気が重い。

と、そこで考え方を変えてみることにした。銀ちゃんだけ連れて行くから、金ちゃんがやきもちを焼くのである。とすれば、金ちゃんも一緒に連れてってやれば、決して銀ちゃんが自分だけいい思いをしているわけではなく、ましてや行き先は病院で、知らない人たちに囲まれて、とてもつらい手術を受けたことを知り、逆に「お前、よく頑張ったな」となるかもしれない。

さて、迎えた検診の日である。

二匹一緒に、と口で言うのは簡単だが、五キロ以上ある猫を二匹、それぞれのケージに入れて両手にぶら下げて歩くのは、これまた思った以上に大変である。その上、金ちゃんは典型的な内弁慶で、外へ連れ出したとたん、この世の終わりかというほど、悲しげな声で鳴き続ける。すれ違った人の耳には、まるで金ちゃんの声が誘拐でもされているように聞こえているはずで、飼い主としてはとても居心地が悪い。

その上、病院に到着すると金ちゃんの緊張は最高潮に達したらしく、「何、ここ？」「何、この臭い？」「あれ誰？　これ誰？」と、狭いカゴの中で断末魔の叫びである。

　とりあえず受付で、主役の銀ちゃんを渡し、金ちゃんと待合室で待つことになったのだが、せっかくだからケージから出してやろうとフタを開けても、いつもはガキ大将然としているくせに、腰が引けて出てこられない。

「銀ちゃんは？　ねえ、相棒の銀ちゃんは？」とでも探すように、銀ちゃんの消えた診察室のほうに向かって鳴き続ける。

　待合室にいるのは、金ちゃんが見たこともない犬や猫ちゃんたちである。病気でもないくせに、その誰よりも悲愴感《ひそうかん》を漂わせている金ちゃんに、さすがに近くにいた看護師さんも近寄ってきて、「怖いねえ、大丈夫よ」と声をかけてくれる。

　その後、無事に診察も終えて帰宅した。

　さて、いつものように取っ組み合いのケンカが始まるかと見ていると、それぞれのケージから飛び出した二匹はまず餌を食べに行き、いつもならこの辺りで大ゲンカになるのだが、家中をあちこちと歩き回った挙句、リビングのど真ん中で二匹並んで寝転んで、のんびりと毛繕いを始めてくれた。

　作戦成功である。

　さて、また今年も暑い夏が一つ終わった。

　暑いよ、うだるよ、蒸すよ、と言う銀ちゃんの鳴き声を聞きながら、はたまた、とつぜん廊下を疾走する金ちゃんに驚かされながら、とても平和な夏が一つ終わった。
来年もまた、平和な夏がやってきてくれたらと心から願う。

湖の魅力

ここ最近、湖に惹《ひ》かれている。

ただ、湖の何に惹かれているのか、まだよく分からない。もちろん湖の景色は美しい。海のような獰猛《どうもう》さはなく、かといってもちろんプールほど安全ではない。波がないわけではない。風が作る波紋は大きくなり、規則正しく岸に届く。

たとえば、海といえばカモメである。鳴き声も甲高く、荒々しい波によく似合う。一方、プールの水面を飛び交うとなると、晩夏のトンボだろうか。こちらも穏やかな水面に似合うものだが、これが湖となると、鴨の親子が並んで泳ぐ姿になるのかもしれない。

実は、去年から一年間続けた週刊誌での連載小説をこの夏に脱稿した。『湖の女たち』というタイトルで、琵琶湖《びわこ》を舞台にした物語だった。

この取材のために何度か琵琶湖を訪れた。レンタカーで京都から比叡山《ひえいざん》を越えて滋賀に入り、雄琴《おごと》、白鬚《しらひげ》神社、マキノ、長浜、彦根、近江八幡《おうみはちまん》、草津、大津と、駆け足で湖を一周したこともあれば、比良《ひら》山荘の熊鍋に、長浜の鯖《さば》そうめん、鴨すきと、取材そっちのけで食い気に走ったこともある。

ちなみに比良山荘の熊鍋、正式には月鍋と言うらしいが、これがもう絶品であった。わりとジビエ好きで、熊肉も初めてではなかったが、ここのはレベルが違う。ちょうどその日は中庭の日本庭園に雪が降り積もっているというシチュエーションも素晴らしかったのだが、とにかく脂身と赤身がくっきりと分かれた肉が、厚手の大皿にまるで紅白幕のように盛られて出てくる。それを大鍋の甘めの出し汁につけて、たっぷりのせりやクレソンと一緒にいただけば、肉と野菜の甘みと旨味が溢れ出てきて思わず声が漏れる。

と、このような脱線もありつつの取材旅行だが、中でも印象的だったのは一人で湖の日の出を見に行ったときのことだ。

湖北の小さな旅館に宿を取り、日の出前の午前三時半ごろ、車で出かけて湖のほとりに着いた。

月のない晩で足元も覚束ず、岸に打ち寄せる波音だけが頼りだった。

この日、琵琶湖のほとりで体験した「湖の朝」の美しさについては、『湖の女たち』に詳しく書いたので、できればそちらで読んでいただきたいのだが、このとき何よりも印象的だったのは、まだ朝が来る前、目の前に広がっていた鉛色の湖面が、まるで誰かの大きな「目」のように見えたことだった。

もしも海と湖を比べるとして、たった一言でその違いを述べろと言われれば、海は見るものだが、湖からは見られると答えたい。

何も、不気味というのではない。かといって、あたたかい眼差しとも言えない。それは、どこか冷静で、どこか真実で、どこか自分がよく知っている「目」だ。

悩みを相談しても、決して答えてはくれないが、じっと聞いてくれているような……、だからといって、こちらが調子に乗って笑いかけても、今度はそのすべてをすうっと吸い取ってしまうような……、そんな「目」である。

そんなツンデレな湖の魅力が忘れられなかったのか、今年の夏の終わり、ふと思い立って中禅寺湖《ちゆうぜんじこ》を訪れた。

都内から車で日光へ向かい、紅葉にはまだまだ早いいろは坂を越えて奥日光へ入る。

中禅寺湖は、軽井沢とともに好きな避暑地なので何度か訪れているのだが、これまでは湖というよりも、この界隈のとろりとした温泉目当てのことが多かった。

もちろん今回宿泊したホテルにも露天風呂があって堪能《たんのう》したが、少し足を延ばして湖のボートハウスへ向かい、日没までの時間をのんびりと湖畔で過ごした。

同じ湖といえども、やはり琵琶湖とはその景色が違う。大きい小さいの差ではなく、もしも湖が「目」なのであれば、これまで何千何万年と、それぞれの湖が見てきた景色が違うのだから、その色や輝きも違ってくるのだろう。

日没の近い時間ということもあり、中禅寺湖はどこか寂しげに見えた。そろそろオフシーズンで、係留されたスワンボートや無人のボートハウスのせいかもしれなかった。ただ、逆に考えれば、これから紅葉のハイシーズンを迎えれば、いろは坂も大渋滞となる。その賑わいを前に、しばしの休息をとっているように見えなくもない。

一時間ほど湖畔でのんびりしていただろうか。さて、そろそろ宿へ戻って、風呂でも入ろうかと腰を上げた瞬間、誰かと話していたわけでもないのに、何かが解決したような気持ちになっていた。

特に危急の悩みや問題を抱えていたわけではないが、人間生きていれば、小さな迷いや逡巡《しゅんじゅん》ならいくらでもある。

たとえば、そういえばあの人からメールもらったまま返信してないなーとか、このまま誘われた旅行、どうしようかなーとか、もうすぐ映画が公開になるけど、原作者として何かできることないかなーとか、そんなとても小さくて、でも重要な何かが、一時間ほど湖を眺めていたおかげで、解決したような気分になっていたのだ。

ホテルへ戻って、露天風呂に浸かった。やはりこの辺りのとろりとした湯は、疲れた体によく効く。夜空を見上げながらのんびりと浸かり、せっかくなのでサウナにも入った。二人も座ればいっぱいになる小さなサウナで、壁にあった砂時計を回して、さてと、と腰かけた途端、濡れたマットが火傷《やけど》するほど熱くなっており、思わず「アチッ」と声を上げて立ち上がってしまった。

その後、自分のタオルを尻に敷いて座っていると、青年が会釈しながら入ってきて、やはり座った途端に、「アチッ」と声を上げて立ち上がる。

あまりにも同じ仕草だったので、「一分前に同じように悲鳴上げたよ」と笑い合った。

その夜、ホテルのメインダイニングでの夕食へ向かうと、この青年がいた。一人客ということもないだろうし、てっきりデートだと思っていたのだが、窓際のテーブルに一緒にいたのは彼の母親だった。

たまたまテーブルが近かったので、その会話も少し聞こえてきたのだが、華厳《けごん》の滝や東照宮を見た感想を語る母親の話を、彼は終始無愛想に聞いている。

「ワインのお代わりもらえば？」と母親が勧める。

「もういいよ」と息子はつれない。

「こっちのお肉も食べて。お母さん、もうお腹《なか》いっぱい」

「じゃ、残せばいいじゃん」

なんとも傍ら痛い光景だが、それでも彼が母親を日光旅行に連れてきてあげたらしいことはその会話からも伝わってくるし、サウナで会ったときに彼の人柄も分かっているので憎めない。

そういえば、一度も母を旅行に連れて行ってあげられなかったな、とふと思う。と思えば、せっかくの旅先で仏頂面をして食後のコーヒーを飲んでいる青年が羨ましくなってくる。

人生初のトークショー

慣れぬことをするのは大変だが、やってみれば新鮮でもある。

何かといえば、今年トークショーなるものを二回もやらせてもらったのだ。正しくは初めてではないのだが、気持ち的には人生初のトークショーである。

というのも、これまでソウルや台北《タイペイ》など海外ではお客さんたちの前で話をしたことはある。ただ、これらはあくまでもサイン会の前座のようなもので、トークショーというよりはちょっと長めの自己紹介であった。何より海外なので言葉が通じないから、口下手な本人が喋ったことよりも明らかに通訳の方が喋る分量が多いという、なんとも情けないものであったと思う。

それが今年は「サイン会」ではなく「トークショー」と銘打たれたイベントである。そのうちホテルで行われたものなど、なんと有料なのである！

自分の話でお金をいただく。考えただけで胃が痛くなってくるし、そういえば歌手が、「ディナーショーは豪華な料理が付いてますからね」と、その高額なチケット料金に言い訳したくなる気持ちも身にしみて分かる。

元来、人前で何かをやるのが大の苦手である。学生時代の部活の謝恩会で、先輩たちに「お前、肩幅が吉川晃司《きっかわこうじ》みたいに広いから吉川晃司の歌を歌え」などと無茶ぶりされ、仕方なく『ラ・ヴィアンローズ』という当時流行《はや》っていた曲を振り付きで熱唱したことなど、未だにふと夢に見て飛び起きることがある。

ただ、傍目《はため》にはまったく緊張しているようには見えないらしく、根が真面目？　なので、やれと言われれば完璧に振り付けも練習して完コピするその姿に、「嫌だ嫌だって言いながら、誰よりも完成度高いじゃん」と笑われた。

さて、トークショーである。

まず行われたのは、今年満を持して台湾から上陸した『誠品生活』という書店である。この連載でも台湾を訪れたことを書いたエッセイには、必ずと言っていいほど出てくる有名な地元の書店で、青春の甘酸っぱさと人生の洗練がうまい具合に混じり合ったような、なんとも紹介しづらい店なので、ぜひその目で確かめてほしいのだが、ちなみに東京の日本橋にできた店は、人生の洗練の比率のほうが少し高くなっているように思う。

トークショー会場は書店のイベントスペースで、三十人ほどの方が着席され、背後には本を選びながら足を止めて聞いてくれる方も多い。

トークのお相手は、ライターの田中敏恵《たなかとしえ》さんで付き合いも長い。紹介のアナウンスに、お客さんたちの前に進み出る。

「見られてると思うから緊張するんですよ。逆に自分から、今日はどんなお客さんが来てくれてるのかなって見てれば緊張しませんから」という知人のアドバイスを思い出し、さてどんなお客さんが来てくれてるのかな、と素直にその言葉通りにお客さんたちを見渡す。

その瞬間、なぜかふと込み上げるものがある。

以前のサイン会に来てくれた方の顔もある。もちろん知らない方も多いが、それでも時間を作ってわざわざ来てくれたんだと思うと、あまり感じたことのない感情が湧き上がってくる。

少なくとも、ここに来てくれた方は僕の小説を面白がって読んでくれている方である。

当然と言えば当然だが、自分が書いたものを通して知り合えた方々なのである。

以前、河野多恵子《こうのたえこ》さんと対談させていただいたとき、「吉田くん、小説家っていうのはとてもいい仕事なのよ。私は精神的種族って呼んでるんだけど、自分が書いたものを通して、本来ならなかなか会えない、人間の核の部分で繋《つな》がれる人と出会えるのよ」とおっしゃっていたことを思い出す。

そうか、もし河野さんの言葉通りなら、何もこのトークショーで自分が口にする言葉が上滑りしたところで、きっともっと深い部分で繋がっているんだな。

そう思うと、途端に緊張も解けてくる。台湾のこと、新作小説のこと、そんな話を田中敏恵さんと楽しく交わしながらも、次第に余裕も出て来て、会場にいらっしゃるお客さんたちの顔を順番に眺めていく。

この青年はもしかすると、陰でこっそりと小説を書いてるんじゃないかな。このご夫婦は以前にもサイン会に来てくれた方だ。週刊誌の連載も読んでるって言ってくれたな。

もちろんトークショーなのでお客さんと直接言葉を交わすわけではないのだが、知らず知らずにお客さんたちとの会話が弾む。そして、その後のサイン会で、「もしかして小説書いてる?」などと、実際にその青年に尋ね、「はい」などと言われると、地味に嬉しかったりする。

あくまでも一方的な感想だが、とてもアットホームな雰囲気で居心地が良かった。ヴ片や、その数日後にパークハイアット東京で行われたトークショーは豪華だった。ヴエネシアンルームという前衛的なシャンデリアが輝く大きなホールもさることながら、トークショー後に開かれたカクテルパーティーは三十九階の会場から新宿の夜景が一望できる。

トークのお相手はやはり田中敏惠さんで、お客さんは少し多く五、六十人だろうか。舞台に立つと、ホテルということもあって、とてもシックな装いのお客さんたちの顔が強い照明の先にぼんやりと見える。

美意識について。古典文学について。などなど、軽妙な田中さんのリズムに助けられながら自分の考えや趣向を話しているうち、「幸せだなぁ」とふと思う。

自分の話を聞いてくれる人がいる。

大げさに言えば、孤独というものと対極にあるのがこの状態なのではないかとさえ思う。自分の好きなもの、嬉しかったこと、悲しかったこと、そんなことを聞いてくれる誰かがいるということが、どれほど幸福なことであるか。

誰かに話を聞いてもらう。ただ、それだけのことがこれほど人を幸福な気持ちにするのだと改めて気づかされる。そして逆に考えれば、寂しそうな人というのはその誰かがいないだけなのかもしれないと。ならば、その誰かになってやるのは、そう難しいことではないのではないだろうかと。

パークハイアット東京のイベントでは、トークショーとともに竹本織太夫《たけもとおりたゆう》さんと鶴澤《つるざわ》清志郎《せいしろう》さんによる見事な浄瑠璃《じょうるり》の弾き語りがあった。弾き語り後のカクテルパーティーでは短いながらも直接お客さん方とお話をする時間も作っていただいた。

もちろんみなさん全員とお話しできたわけではないが、会場の片隅でまるで上京したての横道世之介のように豪華なホテルに圧倒されながら居心地悪そうにしている青年や、素敵なお召し物で誰よりも美味しそうにシャンパンを飲まれているご婦人などなどを遠目に見ながら、直接に言葉は交わさないながらも、何か特別な時間をご一緒している感覚はとても新鮮だった。

実はこの二つのトークショーだが、当初は「嫌だ嫌だ。ほんとに苦手なんですよ！」とかなりごねていた。ところがやってみれば、この充実感である。なんだかんだ言って、学生のころに振り付きで披露した『ラ・ヴィアンローズ』と同じで、一生の思い出を作れたのかもしれない。

三年ぶりの台湾！　タイワン！　ＴＡＩＷＡＮ！

故郷長崎に帰ると、あれも食べたい、これも食べたいと、ちゃんぽん、餃子《ギョーザ》、トルコライスと、つい欲張ってしまうのだが、台湾へ行っても、これとまったく同じことが起こる。先日、そんな台湾へ三年ぶりに行ってきたということで、二〇二〇年の始まりは大好きな台湾から。

というか、この三年のあいだ、大好きな台湾に数日でさえ行くことができぬほど忙しかったのだなぁと驚く。

さて、という事情もあって、三年ぶりの台湾旅行は飛び跳ねるような心持ちだった。あまりにも嬉しいので、あれ食べたい、これ食べたい台湾編をまた披露させていただきたい。

今回も夜到着の便で台北に着いて早々、荷物をホテルに投げ置くと、最近流行っているという『林東芳《リンドンファン》 牛肉麺《ニュウロウミエン》』へ向かった。

ここは元々深夜営業の屋台のような庶民的な店だったのだが、数年まえにミシュランのビブグルマン（安くて美味しい店）にも選ばれ、今ではおしゃれなカフェのようなビルになっている。柔らかい牛肉の味はもちろんのこと、あっさり系のスープに、うどんのような太麺は、きっと日本人の舌にも合うと思う。ちなみに夜の十一時を過ぎていたが、さすが台北の夜はまだまだ活気に満ちており、店内は若いカップルや家族連れで賑わっていた。

東京なら、満腹の腹を摩《さす》りながら帰宅となるのだろうが、台北の夜はまだまだ誘惑が多く、何しろ三年ぶりである。すぐ近くにあった『6星集足體養身會館』というマッサージ店を覗くと、珍しく客が待っていない。早速、六十分のたっぷり足つぼコースを頼んで、気の良さそうな若いお兄ちゃんに足を任せれば、強いんだけれども痛くはなく、痛くはないんだけど深く届くような極上の刺激が懐かしい。

個人差はあるだろうが、世界各国で様々なマッサージを受けてきた経験から言わせてもらうと、やはりマッサージ店は台湾とタイが飛び抜けている。もちろん日本にも高い技術を持つマッサージ店は多いのだが、何日もまえからの予約が必要だったり、料金体系やマッサージ箇所が細分化されていたりと、技術が高い店であればあるほど、ハードルが高くなるというか、決まりごとが多い。もちろんそのほうが効率的なのだろうが、やはりマッサージの醍醐《だいご》味というのは惚《ほう》けるようなリラックスにあるのだから、その点、台湾やタイのサービスは清潔感がありつつ、ざっくりしているので好みに合う。

到着翌日は、久しぶりに淡水《たんすい》へ向かった。お目当ては『黒殿飯店《ヘイディエンハンディエン》』の排骨飯《パイクゥハン》である。排骨というのは豚のスペアリブで、小麦粉でカリッと揚げた衣に甘めのたれが絡んでいる。そのスペアリブを切らずに豪快にごはんに載せる。ごはんには韓国料理でいうところのナムル的な野菜がたっぷりと載っている。

実はこの『黒殿飯店』の排骨飯、六年まえにサイン会で訪台した際、タイミング悪く親知らずが痛み出し、みんなが美味しそうに食べている様子を恨めしく見ながら、横でたまごスープを啜《すす》っていたという苦い思い出のリベンジである。

六年越しの恨みが晴れて、気分よく淡水河の河岸を散歩する。大きなガジュマルの木が濃い影を作る遊歩道から眺める淡水河は、広々として気持ちが清々する。

ちなみにこの淡水の屋台で出会った日本人女性と台湾人男性との恋愛を描いた『路（ルウ）』という拙著が、今年の五月にＮＨＫのドラマになる。主演は波瑠《はる》さんで、相手役には飛輪海《フェイルンハイ》というアイドルグループで活躍したアーロンさんが決まっている。

この台湾の瑞々《みずみず》しい風景のなか、お二人がどのような物語を紡いでくれるのかもかなり楽しみだが、ふと、「そうか、もしかしたら撮影見学とかで、また台湾に連れてきてもらえたりするんじゃないか」と思うと、今度はどこで何を食べようかと、気の早いスケジュールを立ててしまう。

友人と会ったり、『誠品書店』という二十四時間営業の書店で時間を潰したり、台湾の長い夜を過ごしたあとは、豆花《トウファ》が食べたくなる。

豆花というのは豆乳を固めたプリンのようなもので、皿の底にザラメ糖が入ったほんのり甘いデザートなのだが、そこにピーナッツを入れたり、小豆を入れたりして、台湾の人たちは暑い夏の夜には冷やしたものを、寒い冬の夜には湯気の立つものを、屋台や深夜営業の店で食べる。

今回立ち寄った豆花の店も、遅い時間にもかかわらず、近くにある大学の学生たちで狭い店内が賑わっていた。それぞれお揃いのジャージを着ているところを見ると、同じ部活のグループらしく、持て余す青春の一夜を豆花屋で過ごしていると見える。

人好きな場所だからという贔屓目《ひいきめ》もあるのだろうが、台湾に暮らす若者たちを見ていると、健全という言葉がなんのためらいもなく浮かぶ。

もちろん彼らがみんな、品行方正であるとも思わない。きっと若者らしい打算や計算もあるだろうし、さらに人には言えない欲望もあるだろう。

ただ、こうやって路地裏に明かりを灯した屋台などで、その肩を寄せ合って豆花を掬《すく》っている姿からは、ただただ人間の健全さというものが漂ってくる。ピンク色のジャージを着た女子学生たちは健康な頬をしている。日に焼けた男子学生たちには健康な食欲がある。

今回、久しぶりに故宮博物院にも行った。

平日の閉館一時間ほどまえに行ったのだが、これまでで一番ゆっくりと鑑賞できた。こちらのお目当ては、なんといっても世界で一番美しいやきもの「北宋汝窯青磁無紋水《じようせいじむもんすい》仙盆《せんぼん》」である。これまでに何度も見ているが、いつ見ても気持ちを持っていかれる。特に今回など、他に鑑賞者もおらず、じっと一人で見つめていたので、その小さな青磁の盆があまりに美しく、そのなかに飛び込んでしまいたくなるような衝動に駆られた。

閉館までの時間を、ほぼほぼ動くことなく、このやきものを眺めていた。こうやっていつまでも眺めていられるというのは、豆花屋の大学生たちもそうだが、どこか健全なのだろうと思う。

三泊四日の短い滞在だったが、久しぶりの台湾を思う存分堪能した。最後の夜、いつものように陽明山の日帰り温泉「川湯」を訪ねた。この「川湯」、一時期あまりにも人気が出すぎて日本の銭湯かと思うほどになり、しばらく敬遠していたのだがブームも去ったのか、のんびりとした雰囲気が戻っていた。

風呂に入ろうとすると、満足しなかったら無料でいいから、とマッサージ師に声をかけられた。この辺りのフレンドリーさが、台湾マッサージの魅力でもある。結局、浴場でのマッサージを受けた。自信があるから、そんな風に客に声をかけられるのである。当然、白濁した硫黄泉のお湯と同じように、二倍とは言わないが、かなりの色をつけて料金を支払いたくなるような、極上のマッサージだった。

三十年ぶりのロサンゼルス

いわゆるショッピングモールが嫌いではない。というか、好きである。郊外にある巨大ショッピングモールはもちろんのこと、広い駐車場を囲むようにいくつかの店舗が並ぶドライブイン型も含む。

ショッピングモールが好きだなどと言うと、驚かれることが多い。小説家たるもの、モールのフードコートではなく、浅草の老舗洋食屋でメシを食い、ファストファッションではなく、やはり銀座の皇室御用達《ごようたし》のような店でシャツを買う、と思われているのかもしれない。

もちろんそこまで極端ではないにしろ、ショッピングモール＝俗っぽいというのは定説のようで、「へぇ、ショッピングモールなんて行くんですか」と驚かれるのであるが、行くどころか大好きなのである。

何が好きと言って、まあ、広々している。どこも巨大な駐車場付きなので、都心のようにパーキングに車を入れるまで三十分も一時間も待たされることもなく、すっと入って、すっと出られる。駐車場がそうなら店内も同じで、もちろん昼時など行列のできるレストランもあるが、入ってしまえば、テーブルの間隔に余裕があるので、隣の客と肩を寄せ合うような都心のレストランで、つい隣の会話に返事をしてしまいそうになるようなこともない。

「でも、どこにでもあるような店や物ばっかりじゃないですか」

議論が進むと、たいてい最後はこう言われる。そして、こればかりは首肯せざるを得ない。実際、そうである。ただ、だからこそ落ち着くということもあるのではないだろうか。

さて、なぜいきなりショッピングモールを褒めちぎっているかと言えば、二十五年ぶり、いや、ほぼ三十年ぶりにロサンゼルスを訪れたからである。

思い起こせば、まだ二十歳そこそこ、生まれて初めて外国の地を踏んだのがロサンゼルスだった。とにかく目に入るもの、聞こえてくるもの、匂ってくるもの、何から何まで新鮮で、もし生まれた瞬間から物事の判別がつけば、このような興奮を味わったのではないかと思われるほどであった。

まだ牧歌的だった入国手続きを済ませて、まず向かったのが空港内のレンタカー店だった。受付に長い列ができており、その最後尾に並んだのだが、なかなか進まぬ列の先を覗いてみれば、なんと受付スタッフの若い女性が、友達と電話で談笑しながら仕事をしているのである。

今なら怒り心頭だが、「うわー、すげー、アメリカだー。友達との電話で笑いながら国際免許のチェックしてるー」と、逆に感動したことを覚えている。

やっと受付を済ませて、いわゆるアメ車で街へ出た。たしかフォードのマスタングだったと思うのだが、当時日本では小型車に乗っていたので、ハンドルを切ると体ごと振り落とされるような感覚が新鮮だった。

とりあえず、「右側通行、右側通行」と唱えながら、片側六車線もあるハイウェイをロス市街へと向かう。

真っ青な空、高い椰子の木。

同世代の方なら分かってもらえると思うのだが、当時、阿佐谷《あさがや》の友人宅の安アパートの壁にかけられていた、わたせせいぞう氏の『ハートカクテル』の絵の中に飛び込んだようである。

おまけにラジオをつければ、小林克也氏のアメリカ人版？　のようなＤＪがビルボードトップ40をかけまくる。

「マリーナ・デル・レイってなんか聞いたことない？」

「サンタモニカだって！」

「うっわ、ビバリーヒルズ！」

「うっわ、ハリウッドきた！」

助手席の友人と、標識に出てくる地名をただ言い合っているだけなのだが、これがもう、ビートルズやプレスリーのコンサートで失神した女の子たちくらいの興奮である。あまりにも声を張りすぎて喉が渇き、とりあえず車を停めたのが、いわゆるドライブイン式のショッピングモールだった。高い椰子の木が並ぶ駐車場には、あちらにもこちらにもでかいアメ車が停められ、敷地内にはバーガーキングやスーパーやダンキンドーナツが並んでいる。

今でこそ、日本のどこへ行っても見られる光景ではあるが、当時はもう、なんていうかまるで映画の世界。たとえばこの隣に車に乗ったまま映画を観られるドライブインシアターなんかがもしあれば、（こちらも同世代の方なら分かっていただけると思うのだが）まさにYA《ヤングアダルト》スターが総出演していた『アウトサイダー』や『ランブルフィッシュ』の世界のままなのである。

バーガーキングの大きな看板に目がクラクラした。ちょっとした引っ越しかと思うほどのカートに、スーパーから商品を山積みして出てくる客たちに、なんだか拍手を送りたいほどだった。

素直にかっこいいなあ、と思ったのである。やっぱり日本の商店街とは違うなあと、素直に憧れたのである。

あれから、ほぼ三十年。ロサンゼルスから始まった海外への旅も、本当に世界中のいろんな場所を訪れることができた。アメリカだけでも、ロサンゼルスこそ再訪はなかったが、サンフランシスコ、ハワイ、フロリダ等々を訪れ、ニューヨークには二、三年に一度通うようになっている。

前述したように、この三十年ですっかり日本の風景も変わった。すぐに思い出せるだけでも、千葉の柏《かしわ》、神奈川の藤沢、東京の豊洲《とよす》、埼玉の富士見と、昔、ロサンゼルスで、「かっちょええ！」と歓声を上げたようなショッピングモールが日本中にある。もっといえば、本場よりもその規模・品揃えは上回り、さらに快適、清潔である。

ほぼ三十年ぶりの再訪となったロサンゼルスであるが、もちろんかの地で出会えた方々は素晴らしく、とても有意義な滞在となった。ただ、ロサンゼルスという街自体には、一抹の寂しさもある。

宿泊したのは、ハリウッドの老舗ホテルだった。時差ボケもあり、毎朝わりと早い時間にホテルのカフェで朝食をとった。ガランとした店はいわゆるダイナーと呼ばれるつくりで、長いカウンターにポツンと座る。コーヒーポット片手ににこやかに迎えてくれる店員さんに、「卵はオーバーイージー（両面焼き）で、付け合わせにソーセージとフライドポテト。あと、オレンジジュースも」と頼む。

厨房《ちゆうぼう》を覗くと、大きな鉄板で目玉焼きが焼かれている。そういえば、とふと思い出す。あのころは、こんなどこにでもあるようなアメリカンブレックファストにも興奮していたなあと。女優のダイアン・レインみたいな店員さんに「Hi, guys」なんて声をかけられ、ドキドキしながら注文していたなあと。

とはいえ、約三十年ぶりのロサンゼルス、世界が少しだけ小さく感じられた代わりに、この三十年でほんのちょっとだけ自分が大きくなれたような、とてもいい体験だった。

祝・皇居ランデビュー

上京して、早三十数年が経つのだが、初めて皇居ランなるものをやってみた。

きっかけは単純で、しばらく忙しい日々が続いており、そのせいですっかり運動不足気味な体から、「ちょっとでいいから、運動してくれ」と懇願されたのである。

もちろん皇居の周りを走っている人たちがいることは知っていた。たとえば会食のために銀座へ向かうタクシーの中から、たとえば休日のドライブの途中、皇居のお堀の周りを黙々と走っているランナーたちの姿を眺めていた。

正直に言ってしまえば、「なんでこんな排気ガスの多いところを、好き好んでグルグルと回っているんだろう」と思いながら眺めていた。

童話の「蟻《あり》とキリギリス」ではないが、こちらはこれから銀座で濃い湯気を立てる旨い水炊きを食べに向かっている。片や皇居ランナーたちは寒空の下、白い息を吐きながら黙々と走っている。

多少の罪悪感も含め、「なんで、こんな排気ガスの多いところを～以下省略」と、彼らを眺めていたような気もする。

若いころからあまり走るのが好きではなかった。短距離走で速い記録を出した覚えもなければ、高校時代のマラソン大会など、やる気のない集団の一員として、自転車に乗った先生に、「おら、お前ら、もっと足動かせ」と追い立てられながら、最後尾を走っていたような記憶もある。

水泳部だったというのを言いわけに、とにかくこれまで走ることから逃れていた。ランニングやマラソンはもちろんのこと、たとえば横断歩道で青信号が点滅していても、決して走ろうとしない。

いつごろからかは覚えていないが、「走る」＝「慌てている」＝「かっこ悪い」という、なんの根拠もない方程式が頭の中で成り立っていて、気がつけば、走らない生活を送っていた。

それが急に、「そうだ、皇居の周りでも走ってみようかな」と思い立ったのは、とても暖かかった今年（二〇二〇年）の正月のことである。気温は十二、三℃あったし、なにしろ思わず見上げてしまうような真っ青な空が広がっていた。

毎年、正月は自宅でのんびりと過ごすと決めているので、午前中に初詣《はつもうで》を済ませてしまえば、あとは特に用事もない。数年前にわりと都心のほうへ引っ越してきたので、皇居までなら歩ける。

いざ、立ち上がってみると、せっかく思いついたのだから本当に走ってみようかなと思う気持ちと、皇居ランナーといえば本格的なランナーだろうし、自分のようにもたもた走る人が入ったら邪魔になるんじゃないだろうかという心配がないまぜになる。

実際、ランナーたちが走っている姿は見たことがあるが、それがどれくらいのスピードなのかが分からない。

別に誰に見られているわけじゃないし、自分だけ次々に追い抜かれて行っても、まあ、いいか、と開き直り、とにかく着替えてみようとクローゼットを開けたのだが、皇居ランナーにふさわしい服が見当たらない。

もちろんジャージなら上下である。ただ、完全にパジャマ要員なので、膝は出ているし、まずその生地の色褪《いろあ》せ方と縒《よ》れ方が、真っ青な空の下より真夜中のコンビニのほうがぴったりとくる。

かといって他にあるものといえば、さらにパジャマ感の出るスウェット上下である。

仕方ない。ここで諦めるのも癪《しゃく》なので、別にドレスコードがあるわけじゃなし、と、クッタクタのジャージで向かうことにした。

暖かいとはいえ、さすがにジャージだけでは寒い。しかし、皇居ランナーが着ているようなカッコいいウィンドブレーカーがあるわけじゃない。まさかジャージの上にウールのロングコートを着ていくわけにもいかず、となると、保温性が気に入って昨年購入したミシュランマンみたいなモコモコのダウンを着るしかない。

ますます皇居ランナーというよりも真夜中のコンビニスタイルである。

とはいえ、ここまで来たら、もう後には引けない。結果的にパジャマ感満載の上下ジャージにモコモコのダウン姿でのこのこと皇居へ出向いた。

とりあえず辿《たど》り着いたのは桜の名所として有名な千鳥ケ淵《ちどりがふち》である。目の前は皇居、大きく真っ青な空を旅客機がのんびりと飛んでいく。

いわゆるお堀沿いのランニング周回コースに入ると、タイミングが悪く、いかにもベテランランナーの集団が後ろから走ってくる。彼らには軽いジョグなのだろうが、初心者の私から見れば、全速力で駆けてくるようにしか見えない。

そろりと駆け出してみようかなと思っていた足が、怖気《おじけ》づいて止まってしまう。走っていなければ、コンビニに向かう一般歩行者の姿なので目立たない。そんな私を全速力の集団が追い抜いていく。

正月早々、走っている人は多く、ランナーは次から次にやってくる。みんな速い。たまにちょっと遅い人もいるのだが、それでもその弾んだ息遣いは本格的である。なかなか踏ん切りがつかず、ランナーたちに追い抜かれながらだらだらと歩いているうちに、気がつけば、半蔵門まで来てしまった。途端に景色が開ける。

左手には皇居の深い緑、真っ青な空の下には正月休み中の霞《かすみ》が関《せき》の官庁街。幸い、道はゆるい下り坂である。

後ろを振り返ると、たまたま誰も走ってくる人がいない。「今だ！」別にいつでもいいのだが、なんとなくそう感じ、まずモコモコのダウンを脱いで腰に巻いた。

ゆっくりと走り出してみる。下り坂なので思いのほかスピードが出る。合わせて両腕を振ってみる。座り仕事ばかりで、日ごろ使っていない太ももの筋肉が早くもピクピクと震えだす。ただ、これがなんとも心地よい。

フッ、フッ、ホッ、ホッ。

まだ大して走ってもいないが、呼吸を意識すると、体まで弾んでくる。目の前で大きな青空が揺れる。ひんやりとした風が縮こまっていた首筋を撫でていく。そして何より、お堀の水面を輝かせる眩《まぶ》しい冬の日差しが体全体を包み込む。

ずいぶん長いあいだ、日差しを日差しとして浴びていなかったなあと思う。ずいぶん長いあいだ、青空を青空として見ていなかったなあと思う。そして忙しさにかまけて、ずいぶん長いあいだ、自分の健康な体に感謝することを忘れていたなあと。

ちなみに走り出してみれば、服装などどうでもいいし、もっといえば、スピードなどさらにどうでもいい。

皇居ランナーとしての初走りは、あえなく桜田門で息が切れてしまった。距離にして一・三キロちょっと。なんとも情けない結果だが、その場からゆっくりと走り出してみるという小さな喜びを久しぶりに感じることができた。

西の富士、東の筑波

見事な冬晴れのとある日、ふと思い立って筑波山《つくばさん》へ向かった。ちょうどその週、明石《あかし》家《や》さんまさんの舞台のチケットが取れたと、郷里から弟が嬉々《きき》として上京してきており、元々、山好きである彼に誘われたのである。

正直なところ、筑波山についてなんの知識もなかった。

都内から車で一時間半ほどの山で、茨城県に存在し、昔から「西の富士、東の筑波」と、あの富士山と並び称されている、ということさえ知らずにいた。

アラフィフの兄弟二人でドライブというのも息が詰まりそうだが、「高校生の修学旅行で、つくば万博（一九八五年）に行ったなあ」とか、「へえ、この辺りが下妻《しもつま》っていうんだ。『下妻物語』って映画面白かったなあ」などと、お互いにあれやこれやと話しているうちに、わりとあっという間に目的地に到着した。

ちなみに筑波山には女体山《にょたいさん》と男体山《なんたいさん》があり、女体山には東側からロープウェーが、男体山には南側からケーブルカーが延びている。女体山と男体山は山頂連絡路で結ばれており、どちらから登ってもよいらしい。

都合上、ケーブルカーを選んだ。山好きの弟としては、御幸ヶ原《みゆきがはら》コース、白雲橋《しらくもばし》コース、おたつ石コースと、バリエーションのある登山路を登ってみたかったのだろうが、さすがに山登りには縁のない兄に気を遣ってくれ、この日はケーブルカーに同乗してくれた。

駐車場で車を降りて、みやげもの屋の並ぶ筑波山神社への長閑《のどか》な参道を上がっていくと、スピーカーからなんとも風情のあるダミ声が聞こえてくる。何事かと足を速めれば、境内でガマの油売りの口上を実演していて、そこそこ客も集まっている。しばらく立ち聞きしていると、なるほど「さぁ、さぁ、お立ち会い」と始まる口上は、リズミカルな講談調で聞いていると楽しくなってくる。

これもまた初耳だったのだが、このガマの油、筑波山にあるという大きなガマの形をした石に由来するらしい。

結局、最後まで口上を聞き、まずは筑波山神社に参拝してケーブルカー乗り場へ向かった。あいにく出たばかりで、二十分ほど次の便を待つという。

風は冷たかったが、冬晴れの青空が広がっている。売店でコーヒーを買い、テラスで冬日を浴びていれば、二十分などすぐ過ぎる。休日だったので家族連れも多かったが、やけに賑やかなグループがやってきたなと思うと、タイからの若い友人グループだった。何を話しているのかは分からないが、熱帯の国からやってきた彼らが、身震いしそうな北風と、肌を撫でるような冬の日差しを、心から楽しんでいる様子がはっきりと伝わってくる。

発車時間になり、ケーブルカーに乗り込む。正直、この辺りまでは、「西の富士、東の筑波」はちょっと言い過ぎなんじゃないかなと思っていた。

もちろん富士山登頂の経験はないが、河口湖などからの雄大な景色は眺めたことがあるし、ここまでの長閑な参道、ガマの油売り、ケーブルカーときて、雄大さという点では格が違うような気がしたのである。

ケーブルカーがゆっくりと登り始める。徐々に視界が開けていくという大パノラマではなく、なんというか、この筑波山に長年根付いた樹木の中へと、意識ごと入っていくような感覚である。

車内が混み合っていたせいもあり、座席に座って足元ばかり見ていた。十分ほどの乗車後、ケーブルカーを降りると、途端に空気が変わった。

空気が広がるという言い方は変だが、空間ではなく、間違いなく空気が大きく胸を広げているような気がしたのである。

そこは女体山と男体山が繋がる天空の広場になっていた。レトロな展望台レストランがあり、登山客たちがそれぞれのスタイルで休憩したり、景色を眺めたりしている。どこまでも広がる青空の下、雄大な、ちょっと感動するくらい雄大な関東平野が広がっていた。

「うわー、広いなあ」

小さな港町である長崎暮らしの弟が声を上げる。

「こりゃ、すごいな」

都会暮らしの兄も続く。

とりあえず山頂を目指そうということになり、まずは距離が短い男体山に向かう。もちろん子供でも楽しめる山なのだが、距離が短いということはその道は急なのであり、所々、周囲の岩を摑《つか》まないと登れない岩道もある。

短い距離だが、ぜえぜえ言いながら登った。

こういった観光地でも山好きの人たちの習慣は爽やかで、すれ違うたびに、「こんにちは」と声をかけてくれるのだが、こちらは登山に慣れた弟のハイペースに必死についていくものだから、次第に息も切れて、「こん、に、ちは」と挨拶も途切れる。

登りきった山頂からの眺めは絶景だった。

雲の中に立つように、登山客たちが岩にしゃがみ、大パノラマを堪能している。岩にへばりつくようにして突端へ出ると、身震いするほどの達成感だった。いろんな山を歩かれたことのある人には笑われるだろうが、素人の体験としては本当に身震いするほどだったのである。

しばらく頂上からの景色を堪能し、今度は女体山を目指そうと天空の広場へ戻る。

登りが急な分、下りもまた急である。

途中、まだ小さい男の子の手を引いた若いお母さんとすれ違った。お母さんとしては危ないから抱っこしてあげたいのだが、男の子は果敢に岩を登りたがる。好きなようにやらせろよと、少し先の岩の上でお父さんが待っている。

「こんにちは」

そんな若い家族に声をかけた。

「こんにちは」

男の子の手を引きながら、お母さんも笑顔を見せる。

広場に戻って、次は逆側の女体山である。こちらは道が緩やかな分、ちょっとだけ距離が長い。のんびりと深呼吸しながら歩いていくと、今度は年配の男性を気遣いながら、ゆっくりと下りてくる女性の姿があった。

「そこの岩、浮いてるからね」

おそらく父娘なのだろう、自分が踏みそうになった浮石を背後の父親に娘さんが知らせている。ふとさっきの若い家族を思い出した。あっちの山やこっちの山を、一緒に登って下りて、一緒に深呼吸して。

「こんにちは」

すれ違う娘さんに声をかけられ、「こんにちは」と返した自分の声がとても心地よかった。

『太陽は動かない』in ブルガリア

ちょうど一年ほど前（二〇一九年四月）、ブルガリアの首都ソフィアを訪れた。

拙著『太陽は動かない』（二〇二〇年五月公開予定がコロナで翌三月に延期）が映画化、そしてWOWOWで連続ドラマ化されることとなり、その撮影見学である。

これまでにも撮影見学にお邪魔したことは何度となくあるが、もちろん海外は初、それもブルガリアという初訪問の国となる。

このブルガリア、話を聞けば、昨今映画のロケ地誘致に国を挙げて力を入れており、ハリウッドのブロックバスター映画の多くがこの地で撮影されているという。

ハリウッド映画御用達のロケ地が選ばれたのにはもちろん理由がある。この『太陽は動かない』、心臓に爆弾を埋め込まれたエージェントが、世界を股にかけて活躍する壮大なアクションもので、監督は『海猿』や『MOZU』の羽住英一郎さん、そして主演に藤原竜也さん、そのバディに竹内涼真《たけうちりょうま》さんという超大型企画なのである。

ちなみに原作『太陽は動かない』の版元は幻冬舎で、編集担当はこのエッセイにもたびたび登場している、ある意味、海外取材のバディ・茅原秀行《ひでゆき》さんである。

そしてなんとこの茅原さんが今回の映画ではエキストラ出演することになっているというのも、とにかくブルガリアでは日本人のエキストラが足らずに困っているらしいのである。

「すいません、一応、吉田さんのアテンド役なんですけど、今回は僕の撮影スケジュールに合わせてもらいますね」

などと出発前は冗談半分で話していたのだが、これがこちらの予想を超えたことになる。

さて、意気揚々と到着したブルガリアの首都ソフィアは、どこか牧歌的で、とても美しい街だった。

古き懐かしき東欧という雰囲気なのか、タクシーがガタガタと揺れながら通る石畳の路地には淡い色の葉をつけた街路樹が並び、柔らかい日差しが石造りの街を明るく照らしている。

到着日早々に茅原さんには撮影がある。撮影現場はソフィア大学。地図で見ると、ホテルから歩いて行けそうだし、撮影開始まではまだ時間もあった。

せっかくだから街歩きしましょうと、早速ホテルを出た。風は冷たいが、日差しは暖かい。近くのカフェで買ったコーヒー片手に地図も見ずに歩いていると、いきなり荘厳な教会が目の前に現れた。

ソフィアのシンボル、アレクサンドル・ネフスキー大聖堂である。黄金のドーム屋根が真っ青なブルガリアの空に映える。

「明日はここで撮影なんですよ！」

興奮気味に茅原さんが教えてくれる。

「……なんでも日本と関係が深いらしくて、教会の内部での映画撮影が許可されたのは、この作品が初めてなんですって！」

「そりゃすごい」

早速、中を見学しようとすると茅原さんの携帯が鳴る。映画のプロデューサーからしく、なぜか茅原さんが焦り出す。

「吉田さん、すぐに撮影現場に向かわなきゃ！　エキストラも衣装合わせやヘアメイクがあるらしくて、今、『僕待ち』らしいんですよ！」

電話を切った茅原さんの顔が引きつっている。映画スタッフを待たせているなんて大事である。そこから「走れ、走れ」と、初めて訪れたソフィアの街を Google マップ頼りに走りに走った。ただ、海外というのは地図上では近いが実際に歩いてみると、横断歩道がなかったり、公園を横切れなかったりと、思いのほか時間がかかる。

それでもゼエゼエと肩で息をしながら、なんとか到着したソフィア大学のまた美しいことと言ったらない。

撮影はこの講堂で行われるのだが、大学の講堂とはいえ、大理石の螺旋《らせん》階段、大きなステンドグラスにシャンデリアといちいち目を奪われる。

撮影されるシーンは各国のエージェントたちが機密情報を探り合うセレブパーティーである。現場にはすでにタキシードやドレス姿のブルガリア人エキストラたちが大勢待機しており、撮影スタッフたちの興奮もマックスである。「早く早く」と、プロデューサーに腕を引かれ、茅原さんが地下のメイクルームに連れて行かれる。

一人残されても、役立たずのスタッフにしか見えないので、監督や俳優さんたちに挨拶して回った。みんな、このブルガリアのロケ地に興奮気味で、誰もがいい顔をしている。

さて、その数十分後にいよいよ撮影が始まった。何度も映画の撮影現場は見学させてもらっているが、この緊張感は癖になる。

賑わうパーティー会場に、タキシード姿の藤原竜也さんと竹内涼真さんが颯爽《さっそう》と現れる。そこで白いドレス姿のハン・ヒョジュさん、そしてピョン・ヨハンさんとすれ違う。惚《ほ》れ惚《ぼ》れするほど美しい。ロケ地も美しければ、俳優さんたちの一挙手一投足がとにかく踊っているように美しい。

ふと思い出してパーティー会場に目を向けると、我らが茅原さんも頑張っている。いつのまにか髪をきちんとセットしてもらい、普段はあまり見かけないスーツ姿で、日本の一流企業社員役を会場の隅っこで熱演中である。

こちらは監督の横に陣取らせてもらって、モニターに茅原さんの勇姿が映るたびにこっそりと携帯で写真を撮った。

さて、本来なら十数時間のフライトの疲れもあるので、到着初日は早く寝るはずだったのだが、この撮影が終わったのがなんと深夜一時すぎであった。さすがに半日も撮影現場にいると、仕事のない単なる見学者の原作者は時間を持て余す。かと言って、茅原さんだけを置いて帰るのも憚られる。そこであまり長居するのも迷惑かと思い、なるべく隠れていたのだが、

「え？　吉田さん、まだいたんですか？」

と、最後には藤原竜也さんにも驚かれる始末であった。

それでもやっと撮影が終わり、くったくたの茅原さんと遅い夕食をとることになった。もちろん洒落《しやれ》た店などもうやっていない。やっと見つけたのは学生相手の深夜営業のバーで、明らかにレンジでチンしたピザを二人でものも言わずに胃に詰め込んだ。

腹が満たされると、少し気持ちに余裕も出てくる。

「なんか、活気にあふれたいい現場でしたね」

「うん、なんかすごい映画になりそうな気がする」

奥ではブルガリアの学生がビリヤードを打っている。

ただ、撮影を見学させてもらっただけなのに、ひと仕事終えた充実感だった。そして、まだ初日の夜だったが、なんだかソフィアという街の一員になれたような気もした。

佐賀のポテンシャルは高い

以前、『悪人』という小説を書いた。長崎、佐賀、福岡を舞台にした物語だった。多くの方に読んでいただいたし、二〇一〇年には李相日《リサンイル》監督によって映画化され、妻夫木《つまぶき》聡《さとし》さん、深津《ふかつ》絵里《えり》さんが素晴らしい演技を見せてくれた。

この物語のなかで、深津絵里さんが演じる女性が佐賀に暮らしている。大きな街道沿いにポツンと建つ紳士服店に勤める孤独な女性として描かれる。そのせいもあって佐賀という場所を少しネガティブに扱ってしまっている。

ただ、個人的には九州内で佐賀ほど文化的な土地はないのではないかと思っているし、隣の長崎で生まれ育った身としては、どこまでも続く大きな空、そして気持ちいいくらいまっすぐに道が延びる佐賀市内の風景に、子供のころからどこか雄大なものを感じていた。

嬉野《うれしの》や武雄《たけお》の温泉、唐津《からつ》の鮨屋《すしや》に、イカ料理で有名な呼子《よぶこ》港と、佐賀の好きなところを挙げればキリがない。

　そこに最近また新たな場所が加わった。

　考えてみれば、いや、改めて考えなくても、佐賀といえば、有田《ありた》、伊万里《いまり》、唐津と、陶磁器の一大産地なのである。

　これまでさほどやきものに興味がなかったものだから、嬉野温泉へ行ったり、呼子へイカを食べに行ったりしていたにもかかわらず、もったいないことにその途中にあるやきものの里を素通りしていた。

　今回、まず向かったのは有田の町である。

　まだ寒い季節で、平日ということもあって、町はガランとしていた。やきものに詳しいわけではないが、まったく興味がないわけでもない。特に有田、伊万里、この辺りの皿は色使いが華やかで、時に毒々しいくらいで、たとえば賑やかな中華料理をさらに賑やかに見せてくれるので好きである。

　そういえば、以前、秋田の友人宅にお呼ばれして、きりたんぽをご馳走《ちそう》になったことがあるのだが、もちろん味は最高だったのだけれども、なんとなく違和感があって、あとあと気づいたのだが、いわゆる宴会料理と言われるものの色合いが、長崎に比べてとても地味だったのである。

長崎の料理はとにかく派手である。その派手な料理を派手な皿に盛る。そしてその皿が有田、伊万里の皿となる。

有田でまず向かったのはご存じ「柿右衛門窯《かきえもんがま》」だった。

こちらはもうやきもの界のエルメスというか、やきものの店というよりも美術館である。

ただ、やはり銀座や日本橋の三越で見るのとは、どこかが違う。本場で見ているという錯覚なのだろうが、まだ土の匂いがするなどと言えば、通《つう》の方からは笑われるだろうか。

ショーケースに並んだ美しく高価なやきものに見惚《みと》れたのはもちろんだが、展示場の裏にある茅葺《かやぶき》屋根の窯の風情が、あまりに美しくて驚いた。ちょうど梅の季節でもあり、黒塀に漆喰《しっくい》の建物に白い梅の花がよく映えていた。

有田の町中へ戻ると、また違った雰囲気になる。

駅から延びるメインストリートには、手頃なものから高価なものまで、様々なやきものを扱う店が並び、ふらっと入ったカフェでは、併設した窯で焼かれたカップの中から好きなものを選べるという趣向があって面白かった。

メインストリートをぶらぶらと散策していると、陶山《すえやま》神社という看板があった。

早速、足を延ばしてみると、有田焼の陶祖が祀《まつ》られた神社で、磁器でできた大鳥居や狛犬《こまいぬ》など、さすがやきものの町の神社で見応えがある。

ただ、この陶山神社でなにより驚かされたのは踏切だった。参道の石段を上って行くと、先ほどの陶磁器でできた大鳥居があるのだが、なんとその手前に参道を横切る線路が通っており、遮断機のない踏切があるのだ。

ちょっと怖いが、逆にのんびりとした町の風情も伝わってくる。

さて、有田からまた少し車で走ると、今度は伊万里に着く。有田というところが町だとすれば、こちら伊万里は村、いや、集落といった感じだろうか。

ただ、この集落な感じがすこぶる素晴らしい。

細い石畳の坂道が、峻厳《しゅんげん》な岩山のほうへ延びている。これが伊万里のメインストリートで、この坂道沿いに様々な窯がある。もちろん店舗もあるのだが、こちらは有田と違って、直《じか》に窯を訪れるような感覚である。

煉瓦《れんが》造りの煙突が並び、それぞれ窯の名前が書いてある。小川にかかった橋の欄干は色鮮やかな鍋島焼《なべしまやき》である。

ちなみに浅薄な知識で申しわけないが、伊万里焼というのは総称である。佐賀県有田町を中心とする肥前《ひぜん》の国で焼かれた磁器のことを言い、伊万里の港から世界各国へと運ばれるようになったため、それらをまとめて伊万里焼と呼ぶようになったらしい。なので、鍋島焼や、長崎の波佐見焼《はさみやき》、三川内焼《みかわちやき》も伊万里と呼ばれる。

さて、この風情豊かな伊万里の坂道をのんびりと歩いていると、冬日を浴びて、やはりのんびりと昼寝をしている猫がいた。

観光客から餌でももらうことがあるのか、歩いてきた僕らに気がつくと、ちょっと面倒くさそうに起き上がり、ミャオミャオと鳴きながら近寄ってくる。

その喉元を撫でてやれば、冬日と昼寝で毛もあたたかい。

餌はもらえないと分かったらしいが、猫が案内するように先へ歩き出す。尻尾をピンと上げ、石畳の坂道を右に左に曲がりながら、ゆっくりと上っていく。

それにしても、人はどうしてやきものに魅せられるのだろうか。もちろん、その人それぞれの理由があるのだろうが、こうやって有田や伊万里をぶらぶらと散策していると、なんとなく自分なりの理由が分かってくる。

食べる。生きる。そこにあるもの。

それがやきものなのかもしれない。

少なくとも、器を見て、不愉快になる人はいない。いないどころか、気に入った皿を手にして眺めていると、そこに盛られる料理や、これらの器を持つ人の手を思う。笑い声が聞こえてくる。

二〇二〇年、苦難の年。

本日午後二時よりZoom会議。

スケジュールに書かれた予定を何度も確認する。

確認すればするほど、なんだか緊張してくる。

ちなみにZoom会議とは、テレビ会議のようなものである。家のパソコンで、いろんな場所にいる人たちと同時に話せるのである。

と、ここまで読んでいただければ、すでにお察しだろうが、この私、根っからのアナログ人間でこういったものに弱い。よくこの時代を生きていられるなと自分でも感心するのだが、未だに CC と BCC の違いにビクビクしながらメールを送るほどの人間である。

さて、それが生まれて初めてのZoom会議である。もちろんこれまでにもテレビ電話的なものは使ったことはあるが、会議となるとちょっと話が違う。

当日は、会議開始の十分前にはパソコンの前に陣取り、送られてくるという招待メールを待った。

自慢にもならないが、普段、編集者との待ち合わせだと大抵遅刻する。会食であれば、「すいません、先に飲んでて下さい！」とメールを送るし、喫茶店であれば、「あと十分で着きます！」「あと五分で！」と報告を入れる。

我ながら、その手間を考えれば、もう少し早く家を出ればいいのにと思うのだが、遅刻魔というのは、それができない。

さて、今回は珍しく待ち合わせ場所に、十分前から待機している遅刻魔の元へ、いよいよ招待メールが届く。さすが担当編集者、時間ぴったりである。

早速、添付されたアドレスをクリックする。事前に確かめたところによると、このワンクリックで、新潮社の担当の藤本さん、楠瀬《くすのせ》さん、そしてこのテレビ会議が初対面となる菊池さんの顔が、バンバンバンと画面に並ぶはずである。

しかし、いくら待っても画面が変わらない。パスワードを入れ違えたかと何度も試してみるが、やはり繋がってくれない。

三分、五分……が経ったころ、藤本さんからメールが届く。

遅刻しているわけではない。ちゃんと待ち合わせ場所に来たのだが、なぜか店のドアが押しても引いても開かないのである。

いよいよ困って電話をかけた。説明を受けて、その通りにやってみるがやはり繋がらない。藤本さんたちはすでに繋がっているらしく、この手のものに詳しいらしい菊池さんに、「ねえ、どうすればいいの？」と尋ねる声が電話からする。

その後、四苦八苦して、やっと繋がった。結局、私の入力ミスである。喫茶店だろうが、Zoom会議だろうが、結局、十五分ほど遅れてしまうのである。

さて、それでも画面に三人の顔が映ると、嬉しくなって手を振り合った。陽気に手を振っているところを見ると、新潮社軍団もさほど文明の利器に強くはないらしい。

このZoom会議というか、打ち合わせ、実際にやってみると、意外と楽しかった。自宅から参加の藤本さんのカメラには、「ねえ、お外に行きたい」と可愛い娘さんが途中参加してくるし、何よりも直接会うのと違うと感じたのが、気のせいかもしれないが、三人とも普段より意見が辛辣なのである。

この日の議題は昨年週刊誌で連載した小説についてである。

どんな職業でもそうだと思うが、キャリアを積むと、なかなか正直な意見というものが耳に入ってこなくなる。もちろん、こちらの態度もあるのだろうが、それでももう少し正直な感想を聞きたいなぁとお願いすることも多くなった。

　幸い、私の場合は未だにちゃんとした意見を言ってくれる担当編集者が多いおかげで、こうやって長く小説家としてやっていくことができている。

　だが、それでも年々、担当者の年齢も若くなり、遠慮も距離も広がってくる。

　それがこのZoom会議だと、なんだかみんな辛辣なのである。辛辣というか、面と向かっているときよりも、ズバズバときついことを言ってくるのである。もちろん私のためになることばかりなので、こちらとしては嬉しい限りである。

　テレビ会議などと聞くと、てっきり普段より距離が離れるというイメージがあったが、実際には距離が離れる代わりに、グッと何かが近づいた。そこにある本来は無用な遠慮みたいなものがなくなるのである。

　二〇二〇年という苦難の年が、どのように後世に語り継がれるのかまだ分からない。私自身そのおかげで初体験できたこともあるが、とても当たり前の幸せに気づいたという方も多いのではないだろうか。

　そういえば、街中の店からマスクが消えてしまっていた時期のことである。

　うちのマンションには管理人さんというか、受付の方が日替わりで常駐しているのだが、そのうちの一人の方がずっとノーマスクで勤務していた。いつも溌剌《はつらつ》とした青年である。てっきりポリシーか何かでマスクをつけていないのだろうと思い、ある朝、散歩に出かける際、「頑張るね、マスクなしで」と、嫌味に聞こえないように声をかけた。すると彼が、「買えないんですよー。朝からいろんな店に並んでるんですけど」と言う。つい、「え？　そうなの？　じゃ、一つあげるよ」と答えてしまう。答えてすぐ、あ、やばい。うちももう数枚しかない……と思い出す。

彼は、「いやいや、いいです、いいです」と断るが、一旦口にしたこちらも、「あ、そう」とは引っ込めにくい。

結局、その日、部屋に戻って、大切に保管しているマスクの数を数えた。我ながら情けないが、「一枚、二枚……」と、つい声が出る。

マスク一枚で大げさかもしれないが、勇気を振り絞って彼に渡しに行った。彼は本当に喜んでくれた。これまでマンションの住人と管理会社のスタッフでしかなかった関係がちょっとだけ変化したように思えた。

話はそれから一週間ほど経ったころになる。まだ街中の店にマスクはない。

外出先から戻ると、彼が待ち構えていたように声をかけてきて、丁寧に紙に包んだマスクを差し出す。

「同僚がやっと買えたらしくて。譲ってもらえたんです」

受け取った紙包みには二枚のマスクが入っていた。「いいよ、一枚で」と断ったが、「いいです、いいです」と彼が押しつけてくる。

素直に好意に甘えることにした。

きっとこんな小さなエピソードが日本中にあると思う。二〇二〇年という年が、どのように後世に語り継がれていくのか。語り継いでいくのは自分たちなのである。

沸いていたはずのＴＯＫＹＯの夏

夏である。二〇二〇年の夏である。

本来なら、東京、いや、日本、いや、世界中が、真夏の東京で熱戦を繰り広げるオリンピックに沸いていたはずの夏である。

残念ながらオリンピックの楽しみと興奮は、来年にお預けとなったわけだが、そのせいもあってか、なぜか今年の夏はぽっかりと穴が空いたようである。

ただ、考えてみれば、夏というのは元々ぽっかりと穴が空いているような季節ではないかと思えてくる。もっと言えば、一年に一度、自分の体や心にぽっかりと穴を空けるべき季節ではないかと思う。

やはり人間には「夏休み」が必要なのである。

少し不謹慎かもしれないが、今年の初めから続いた新型コロナウイルスによる自粛生活のせいで、休み方のコツ、みたいなものを摑んだ人が多いのではないだろうか。

かく言う私もその一人で、以前はわりとワーカホリック気味で、一日仕事をしないとなんとなく不安になり、土日になると、編集者と連絡が取りづらくなるので、「早く月曜日にならないかなあ」などと考えていることさえあった。

ただ、よくよく考えてみれば、根がズボラな人間なので、一度「休み方」のコツさえ思い出してしまえば、すぐに月曜日など待ち遠しくない体質に戻る。結局、休み方のコツというのは、時間の使い方なのだと思う。

もう少し詳しくいうと、休み方のコツが摑めると、一時間が一時間半くらいに感じられるのである。

以前は、この延びた時間を持て余した。三十分余裕ができたから何かやろうと思っても、それに一時間かかってしまい、結局、三十分足りない！　とイライラしてしまう。

そうではないのである。

もしも三十分の時間を持て余しそうになったら、きっちりと持て余してしまえばいいのである。

たとえばベランダに座り心地のいい椅子を持って出る。夏の日差しは厳しいが、ベランダに小さな陰でもあって、南から風でも吹いていれば、そう暑さも気にならない。グラスにアイスコーヒーでも淹《い》れて、のんびりと風を浴びていれば、うちの場合は二匹の猫たちが、なんか気持ち良さそうなことやってるな、とベランダへ出てくる。

猫を撫でたり、アイスコーヒーを飲んだり、空を眺めているうちに、もう三十分くらい過ぎたかなと時計を見ても、実際にはまだ十五分しか経っていない。睡眠でいえば、たっぷり八時間眠ったと思って時計を見たのに、まだ五時間しか眠っていなかったときのような熟睡ならぬ、〝熟余暇〟である。

なんだか時間を得したようで気分がいい。おそらくこういう得ができるようになると、休み方のコツを摑んだことになるのかもしれない。

現在のところ、まだ自由な旅行も儘《まま》ならないので、こういう得をした時間にはついつい「またあそこへ行ってみたい」「あそこはどんな国だろうか」と、空想の中で旅立つことが多い。

空想だけなら自由なので、旅先として決めたA地点から旅に出る。

これはわりと昔から好きな旅行の仕方で、見方によっては単にA地点とB地点が旅程に入っているだけなのだが、ここは気分の問題で、まずA地点に旅に出て、そのA地点からまたB地点に旅に出るのだと思うと、なんだかA地点がホームタウンのように思えて、さらに居心地が良くなるし、不思議とB地点への旅の高揚感も湧く。

そういえば、以前、八月に北欧を訪ねたとき、このような旅行をしたことがある。

A地点はオスロで、B地点はベルゲンという小さな港町だった。

オスロからはベルゲン急行と呼ばれる列車で向かう。六時間以上かかるのだが、列車の窓からはノルウェーの深い森が見え、さらに高度が上がると、美しい緑は姿を消し、岩や灌木《かんぼく》や静かな湖だけの風景となる。

とにかく飽きることなく車窓からの景色を堪能したのはいいのだが、ベルゲンに到着すると、あいにくの悪天候である。

せっかく来たので一泊する予定で、安価なホテルはすでに予約してある。天気がよければ、フロイエン山にケーブルカーで登って岬にカラフルな家々が建つベルゲンの町を見下ろすもよし、港の魚市場で新鮮な魚介類に舌鼓を打つもよし、それこそフィヨルドツアーに出かけるもよしなのだが、どれもこれもあいにくの天候で休業中である。

まあ、がっかりはしたが、旅先から旅へ出てきた妙な高揚感は続いているので、土砂降りの雨のなか、とにかく町へ出てみることにした。

ただ、ここに来て、ふと傘がないことに気づく。

駅からホテルまでがすぐだったので、土砂降りの中を走ってきたが、さすがに傘なしで町をぶらぶらというわけにもいかない。

そしてまたここが日本と違って不便なところだが、近所のコンビニで五百円のビニール傘を買うというわけにもいかないのである。

まあ、無理だろうなぁ、と思いながらも、ホテルのフロントで傘を貸してもらえないかと尋ねてみた。そこそこのホテルならば、傘の用意はあるが、なんというか、安さで決めたホテルなので、そこまでのホスピタリティーは期待できそうにない。

案の定、「ないよ」と即答された。

近くに傘を売っている店はないかと尋ねたが、なぜか、あなたは魔法を使えますか、とでも聞かれたようにきょとんとしている。

ですよね、ヨーロッパで傘を買うの大変ですもんね、と諦めて、外の雨を恨めしげに眺めていると、「ちょっと待って」と声をかけられ、フロント係の人が何やら探しに行ってくれる。

しばらく待っていると、彼が傘を持ってきてくれた。お世辞にも新品とは言い難く、柄は曲がっているし、すでに数本、骨が出ているのが見える。

それでもないよりはいい。彼の好意に感謝して、破れ傘でいざベルゲンの町へ。夏なのに恐ろしく寒い。この土砂降りで店はほとんど閉まっている。美しいはずの港も景色もなんだか不気味な鉛色である。そして何より、破れ傘なので雨が顔を叩く。

あまり美味しそうじゃないイタリアンレストランに入って食事した。届いたパンは冷えている。外の雨は上がりそうにない。

旅に失敗はつきものである。いや、失敗した旅ほど、のちに良い思い出となったりする。何より旅先での失敗というのは、旅に出られるという幸福の一部なのだな、と改めて思うコロナ禍である。

鹿島神宮、光の道

行こう行こうと思いながら、なかなかタイミングが合わない場所がある。どちらかと言えば、近場に多い。いつでも行けると思っているうちに後回しになる。たとえば鹿島《かしま》神宮《じんぐう》がその一つだった。

お遍路に出たり、御朱印を集めたり、というほどの篤信はないのだが、ごく一般的な程度で神社仏閣は好きである。

まず何がいいと言って、広々とした境内に立つだけで気分が清々する。樹齢千年を超える神木、濡れた苔庭、厳かな音を立てる玉砂利に、涼やかな風でも吹いてくれれば、伊勢神宮を詣でたときに西行《さいぎょう》が詠んだ歌ではないが、

なにごとの　おはしますかは　知らねども
かたじけなさに　涙こぼるる

との気持ちが不信心者ながら身にしみてくる。

考えてみれば、いつごろから神社仏閣に興味を持つようになったのだろうか。

初宮参りや七五三の写真は残っているので、最低限の参拝はしてきているると思うのだが、よくよく考えてみると、家族で正月の初詣に行った記憶がない。

実家が商売をやっていたので、まとまった休みの取れる正月は遠出の家族旅行というのが定番で、それこそ日本各地に連れて行ってもらったのだが、その先々で初詣どころか神社仏閣に行った覚えもない。

唯一、それっぽいことで言えば、奈良を訪れた際、その手の場所に行ったのだが、当然ながら鹿の記憶しか残っていない。

うちの父親がどちらかというと磊落《らいらく》というか、不謹慎というか、葬式や法事の際、お坊さん相手に、「お経は短めでよかですけん。ささっとお願いします」などと失礼なことを平気で言う人だったので、神社仏閣など子供たちが退屈するだろうというよりも、自分の好みとして、旅程に入れていなかったのかもしれない。

大学受験の神頼みくらいは行ったかもしれないが、高校まではそんな調子で、大学に入ってからも、友人らとたまに初詣こそ行くようになったものの、どちらかと言えば、そのあとのオールナイトカラオケのほうがメインイベントであったはずである。

神社仏閣＝何もない場所。

当時はこれが正直な印象だった。

それが三十代に入ったある正月、他にやることもなく、同じように何もやることがないらしい友人と年越しをすることになり、夜中十二時を回ると、せっかくだからと近所の熊野神社に初詣に出かけた。

その年である。長年、候補になりつつもなかなかもらえなかった芥川賞を受賞した。不信心なくせに、わりと験《げん》はかつぐほうなので、翌年もお礼がてらこの神社に初詣に出かけ、以来なんと二十年近く、毎年通い続けている。

ある年に一度だけ、正月を海外で過ごしたのだが、その年ちょっと嫌なことがあった。もちろん偶然なのは分かっていながら、それ以後、正月は東京で過ごすことにしている。

とにかく最近では、この神社に行くと、心からリラックスできる。いつもありがとうございますと手を合わせるだけで、すっと空気が澄むような、そんな気持ちになる。

さて、初めて訪れた鹿島神宮もまた、そこだけ空気が清澄であった。

日差しの強い夏日であったが、境内の深い緑のなかを涼やかな風が抜けていく。

この鹿島神宮、何かを始めるときに参拝するといいと、どこかで読んだか聞いたことがあったのだが、きちんと調べてみると、ここと宮崎県の高千穂《たかちほ》神社を結ぶほぼ直線上に、なんでも伊勢神宮、富士山、明治神宮、皇居が並んでいるらしく、夏至の日に太陽の光がこの鹿島神宮の鳥居から西に延びて、日本最長級の光の道となり、その入り口にあたる鹿島神宮が「すべての始まりの地」と呼ばれている、とあった。

実際、そう思って、その地に立ってみると、これが不思議なもので、これから何かとても良いことが始まりそうな気がするのだから、我ながら自分の現金さに呆《あき》れてしまう。鹿島神宮の大鳥居を抜け、石畳の参道を歩き出すと、木漏れ日がキラキラと足元で揺れる。

朱色の立派な楼門《ろうもん》があり、本殿はそのすぐ先である。あまりにも呆気《あっけ》なく到着するので、少し拍子抜けしたのだが、その風格は歴然としており、深々と二礼してお参りした。

以前もここで書いたような気がするのだが、参拝姿の美しい人に憧れる。何も型通りにできる人が美しいのではなく、参拝姿の美しい人というのは、おそらく普段からの所作が美しいのだろうと思わせる。

たとえば参道の玉砂利を踏む音が違う。特に畏《かしこ》まった感じでもなく、かといってだらけた様子もなく、ザクッ、ザクッと小気味好く玉砂利が鳴る。

神仏に対して一礼する。ただ、それだけの仕草が、惚れ惚れするほど美しい人がいるのである。

おそらくだが、そういう人たちというのは、その一瞬、一切の動きが止まる。自分の動作だけでなく、まるで世界が一瞬止まったようにさえ見える。

そこに神仏に対する敬虔《けいけん》な気持ちが込められているからこそ、そう見えるのだろう。

本殿に参拝し、まるで原生林のような奥参道を奥宮へ向かう。途中、看板が立っており、最近時代劇の撮影があったらしい。

確かに時代劇にはぴったりの雰囲気で、たとえば強い夏日と濃い影を見ていると、今にもそこの草叢《くさむら》から、盗賊に扮した三船敏郎《みふねとしろう》と、笠を被《かぶ》った京マチ子が走り出てきそうで、まさに黒澤明の『羅生門《らしょうもん》』の世界である。

この森を抜けると、御手洗池《みたらしいけ》がある。なんでも日に四十万リットルもの湧き水があるらしい。この池の畔《ほとり》に茶屋があり、草団子とお茶をいただいた。

屋外に置かれた床几《しょうぎ》は、毛氈《もうせん》こそかけられていなかったが、木陰で気持ちよく、他にお客もいなかったこともあって、行儀悪くごろりと寝そべった。

見上げた空は、力強い夏空である。

何かと困難な年ではあるが、気持ちだけは強くいなさい、と誰かにそっと励まされるような空だった。

里見弴と鎌倉

最近気が向くと、ふらりと鎌倉を訪ねる。

きっかけは、里見弴の『道元《どうげん》禅師の話』という岩波文庫の復刻版を読んだからである。ちなみに日本における曹洞宗《そうとうしゅう》の開祖道元と鎌倉はあまり関係がない。いや、もちろん鎌倉時代初期の禅僧なので、短期間、鎌倉に下向《げこう》しているのだが、基本は京都である。ではなぜ京都の禅僧の話を読んで鎌倉かといえば、作者である里見弴が執筆当時鎌倉在住だったのである。

この里見弴、私が好きな作家を尋ねられると、川端康成とともに必ず挙げている小説家なのだが、いかんせん食いつきが悪い。相手がノーベル賞作家の川端なので分が悪いのは分かるが、にしても、反応が悪い。

鹿児島県出身の官僚・実業家の家系に生まれたのが明治二十一年、兄は『一房の葡《ぶ》萄《どう》』でおなじみの有島武郎《ありしまたけお》、甥《おい》には戦後の名俳優、森雅之《もりまさゆき》がおり、もう一人の兄有島生《いく》馬《ま》も画家で、いわゆる有名一族の一人である。兄である有島武郎らとともに、志賀直哉たちが主宰する「白樺《しらかば》」の同人になったのが明治四十三年。その後、白樺派の一員として、昭和五十八年に九十四歳の大往生を遂げるまで旺盛な執筆活動を続けた大文豪である。

……であるのだが、いかんせん食いつきが悪い。

一応作家の端くれである私が、川端康成と並んで好きだと明言するくらいだから、里見弴の作品に名作は多い。ただ、どうもパンチがない。

代表作といえば、『極楽とんぼ』になるのだろうが、お笑いコンビの「極楽とんぼ」の知名度に完全に負けている。

甥には、あの森雅之がいるわけで、となると当然映画界との付き合いも深い。ちなみに森雅之というのは、『一房の葡萄』有島武郎の長男である。さらに若い読者のために説明すると、黒澤明の『羅生門』、成瀬巳喜男《なるせみきお》の『浮雲』、溝口健二の『雨月物語』などなど、日本映画界の巨匠と呼ばれる監督の代表作にはすべて出ていると言ってもいいくらいの名優である。

さて、一方、里見弴だが、彼の小説は知らなくても、その日本映画界の巨匠の一人、小津安二郎の『彼岸花《ひがんばな》』や『秋日和《あきびより》』なら見たことがあるという人も多いのではないだろうか。

何を隠そう（私が自慢しても仕方ないが）、そう、これらが里見弴の原作なのである。

と、小津安二郎が出てきた辺りで、さらに鎌倉に近づいた。

当時、お隣の大船に松竹の撮影所があったのは有名な話だ。そして里見弴は長く鎌倉に暮らしており、のちに鎌倉文士と呼ばれる作家たちのはしりとも言われるようになる。

さて、その里見が書いた『道元禅師の話』が面白かった。

ただ、この場合、内容が素晴らしかったというよりも、あまりにも作者が投げやりで、それが面白くてたまらなかったのである。

というのも、里見はわりと早い段階から、禅宗はもちろん、宗教の一切に興味がない、道元にしたって、ざっくりと言ってしまえば、品行方正な金持ちのボンボンというところ以外に見るところはなく、いたって退屈だと言い放つ。

とはいえ、そうぶっておいて、のちのちその宗教や道元の素晴らしさ、偉大さに作者が気づいていくという筋書きなら、よくある手なのだが、この里見弴、結局、最後の最後まで、ああ、もう退屈、なんで俺がこんな人のこと書かなきゃいけないんだよ、とばかりの態度を崩さないのである。

きっとこの辺りが、今の真面目な世の中に受けない理由だと思うのだが、同じ作家の端くれとしては、なんともお見事、この低いテンションで、それでも一冊丸ごと、読者に面白く読ませてしまうのだから、よほど文章に魅力がないと不可能だろうと、ますます敬意を払ってしまうのである。

この本の中に、当時里見が暮らしていた界隈の話がちらっと出てくる。

ただ、せっかく鎌倉文士と言われているのだから、多少は鎌倉をよく書けばいいのに、うちの近所は洟《はな》たれの悪童ばかりで、学校が終わるころになると、うるさくてたまったもんじゃない。まったく仕事もできやしない、というような絵に描いたような気難し屋の小説家となって容赦がないのだ。

実は現在も、川端康成や吉屋信子《よしやのぶこ》の記念館ほど有名ではないながら、この旧里見弴邸が、現所有者の篤志家《とくしか》のおかげで「西御門《にしみかど》サローネ」として一般公開されている。

この旧里見邸、里見自身が設計に関わったらしく、随所にそのこだわりが見られ、和洋折衷の堂々たる姿は、当時の鎌倉文士の威厳を見せつけてくるようである。

というわけで、なんとなく鎌倉に惹きつけられ、ここ最近、時間ができるとふらりと出かけている。

どちらかといえば、鎌倉は海のイメージだった。

もちろん海は海で魅力的なのだが、最近散策するのはもっぱら鎌倉駅のほうで、有名なところで言えば、鶴岡八幡宮《つるがおかはちまんぐう》や鎌倉の大仏などとなるが、どちらかといえば観光地を巡るよりも、その辺りの、たとえば雪ノ下、笹目町《ささめまち》、佐助、長谷《はせ》などを目的もなく、ぷらぷらと歩いている。

歩いていると気がつくのだが、鎌倉という場所は、不思議なことに同じ風景がない。いや、鎌倉に限らず同じ風景などないじゃないかと言われればその通りなのだが、たとえば世田谷《せたがや》の高級住宅地は、前を見ても、振り返っても世田谷の高級住宅地だし、都心のオフィス街にしてもそうである。

ただ、鎌倉という町は、前に広がっている景色と振り返った時の景色が驚くほど違う。大げさに言えば、まるで違う国を見ているような感じでさえあるのだ。

おそらく一方に山、一方に海が広がっているせいもあるのだろうが、一本の道、路地の一つ一つまで、同じ形というものがない。

新しい建売住宅でさえ個性的なものが多く、古い家々に至っては、誰かと同じなんてまっぴらごめんだ、とでもいうように細かな意匠が凝らしてあったりする。

なるほど、旧里見弴邸にしたって一種異様な造りではある。

鎌倉と聞くと、なんとなく古風なイメージだが、実は古風どころか、そうとうアグレッシブな人たちが拓《ひら》いた町なのかもしれない。

いやいや、考えてみれば、川端康成や里見弴が好んで暮らしていた町なのだ。古風なわけがない。そしてだからこそ、鎌倉は今も魅力的な町なのだろう。

自分なりのリラックス

最近は立派なトレーニングジム施設のあるホテルが増えた。中には一流スポーツクラブも顔負けの設備を誇るところもある。これが都市部のホテルであれば、おそらくご近所に暮らす富裕層の方々がメンバーとなって、週に何度か優雅に利用しているのだろうと思うのだが、最近では都市部だけでなく、いわゆるリゾート地などにあるホテルにもこの手のトレーニング施設が充実しているし、ウェルネス系のサービスに強いホテルでは、客室ごとに人数分のヨガマットが当然のように常備されている。

こういう設備や健康グッズをまだ見慣れぬころは、トレーニングジムというのは、てっきり旅館の卓球台のような扱いで、客室のヨガマットに至っては、たまに旅館に置いてある肩こりをほぐす器具と同等なのだろうと勝手に思い込んでいた。

せっかくの休日に海や山のリゾート地へやってきて、本気で腹筋運動をしたり、二の腕を鍛えたりしようと考える者がいるとは思えなかったのである。

「ほらほら、お父さん、トレーニング器具あるよ」

「おっ、ほんとだな。最近、運動不足だから、ちょっとやってみるか」

「ちょっと、気をつけてよ。腰でも痛めたら、せっかくの休みが台無しなんだからね」

とか。

「お母さん、これ、なんだ？」

「さあ、布団の滑り止めかしら？」

「滑り止め？」

「あ、お父さん、これ、あれよ。ヨガやるときに敷くマットよ」

「なんでこんなもんあるんだよ」

「前のお客さんの忘れ物かしら」

などという声が聞こえていたわけである。

このように無用の長物と見えるものを、自分なりに牧歌的に眺めていたのだが、海外では少し事情が違っていた。

わりと昔から、海外のリゾートホテルでは、特に欧米系の旅行者がかなり本気でトレーニングをしていた。朝食の前に部活のような走り込みをする人がいるかと思えば、せっかくの青い空、青い海なのに、トレーニングジムで重いバーベルを息を切らして上げている。

のんびりとリゾートを満喫しにきたこちらとしては、到着から出発までの一秒たりとも無駄にしないように、だらっと過ごしてやろうと思っているので、走ったり腹筋運動をしている人たちの気が知れない。

「せっかくの休日だろうに。きっと、この人たち、休み方を知らないんだなあ」

などと、すっかり上から目線だったのである。

もちろん当時から意識の高い方はいたはずなので、そういう方々は別としても、これが私を含め、二十年、いや、十数年前までの一般的な感覚ではなかっただろうか。

さて、月日は流れて、昨今のコロナ禍である。

先日、週刊誌のエッセイを読んでいて、あの五木寛之《いつきひろゆき》氏までが、これまでずっと夜型だった生活を朝型に改めたと書かれていた。

尊敬する大先輩である。『青春の門』など、そのタイトルを口にするだけで胸が詰まりそうになる。そんな大先輩が、長年続けてきた執筆スタイルが変わった、と書かれているのである。

やっぱりみんなそうなんだなあ、と、並べて書くのはおこがましいのだが、事実、私もこのコロナ禍ですっかり生活スタイルが変わった一人である。

若いころから筋金入りの夜型人間で、夜が更ければ更けるほど元気になってくる。学生時代や作家になる前は、それでも強制的に朝起きることになるので、どうにかリズムが大幅に狂うことはなかったが、作家になってからはひどいもので、夜のほうが書けるからと、だんだんと寝る時間が遅くなる。仕事が終わって、はい、すぐに就寝というわけにもいかないので、本を読んだり、映画を見たりしているうちに目はギラギラと冴《さ》えてきて、それこそYouTubeなんかに手を出してしまったら、

「誰か、止めてくれ！」

とでも叫びたくなるほど見続けてしまう。気がつけば、うっすらと空が白み始めている。となれば、そこから寝るので、起きるのが昼近くになる。一番ひどいころなど、午後一時とか二時の待ち合わせに寝坊で遅れたことさえあった。

それがである。

最近はすっかり規則正しい生活である。朝も早く起きているので、夜も十一時過ぎには眠くなる。以前はベッドに入ってもネットを見たりしていたのが、最近はなんと就寝の一時間まえになると、「さて、今夜も始めますか」と、いそいそとヨガマットを敷いている。

ヨガといっても、まったくの初心者である。やっているのは陰ヨガと言われるリラックス効果のある、ゆったりとしたヨガで、基本的にストレッチというか、就寝前に体を弛《ゆる》めるためのもので、寝転んだままで誰でもできる。

要は呼吸法なので、ゆったりとしたポーズで昼間とは違う大きなリズムで呼吸をするのだが、これがなんとも気持ちがいい。

「それでは、今度は足の裏と裏とを合わせて、両脚を広げてみましょう。手はおなかの上にやさしく添えて、呼吸を感じてみましょう。股関節周りの力を弛ませ、鼻からゆったりと息を吸って、おなかが膨らんでいきます。吐いて。膨らんだおなかが自然としぼんでいきます。ご自身の呼吸のペースに耳をすませてみましょう」

インストラクターの心地の良い声を聞きながら、就寝前の小一時間を過ごす。小一時間といえば、長く感じるかもしれないが、これまでYouTubeやネットを見ていた時間を思えば、その半分以下である。

すでに数ヶ月続けているのだが、今になって、なるほどと気づいたことがある。

もし今、どこかのリゾート地に行ったとしても、この習慣はやめられない。とすれば、客室にヨガマットがあるのは嬉しいし、もしなければ、フロントに貸してもらえないかと頼むかもしれない。

そうなのである。みんな、せっかくリゾートに来てまで、走ったり、腹筋運動をしたりしていたわけではないのである。自分なりにリラックスできる習慣をどんな場所でも続けていただけなのである。そのための施設や器具が完璧に揃っているホテルというのが、要するに究極のリゾートだったのである。

猫の生活、人の生活

今月は年に一度の猫エッセイである。

さて、この連載でもたびたび紹介させてもらっているが、うちには金ちゃん、銀ちゃんという二匹の飼い猫がいる。

この二匹が揃って、今月で十一歳の誕生日を迎える。

これまで大きな病気や怪我《けが》もなく育ってくれたことにまずは感謝なのだが、逆に、人間の年齢にすれば、かなりいい年となった今でも、相変わらずのやんちゃぶりに飼い主としては嬉しくもあり、呆れてもいる。

ちなみに、大きな病気や怪我もなくと書いたが、実は銀ちゃん、これまでに二度病院のお世話になったことがある。

一度目は、猫には猛毒と言われる百合《ゆり》の花を舐《な》めたのである。

とある文学賞をいただいた夜であった。授賞式でもらった花束を抱え、美酒に酔って帰宅したのだが、普段、花など飾る習慣がないので、もらってきた花束をそのまま玄関に置いてしまった。

となると、何やら嗅いだことのない匂いがすると、二匹の猫たちは寄ってくる。生来のビビりである金ちゃんは、君子危うきに近寄らずだが、こういう場合、銀ちゃんは好奇心を抑えられない。

風呂から上がってくると、銀ちゃんの様子がおかしい。当時、百合の花が猫に危険であることなど知らないので、震えている銀ちゃんを抱いて、取るものも取りあえず二十四時間開いている動物病院に駆け込んだ。

幸い、口にしたのが微量の花粉だったので大事には至らなかったのだが、医者は一晩入院させたほうがいいという。ただ、そのとき怯え切っている銀ちゃんを抱きしめながら、もし万が一のことがあったら、自宅で自分の腕のなかで、と悲壮な思いで、そのまま病院をあとにした。

なのに帰宅した途端、銀ちゃんに元気が戻った。「ああ、いきなり変な所に連れて行かれてビビッた。さあ、腹減った。エサ、エサ！」と鳴く銀ちゃんが頼もしくもあり、やはり呆れもした。

二度目の病院は、以前の猫エッセイでも書かせてもらった歯の病気での入院である。一方、金ちゃんは去勢手術を除けば、一度も病院のお世話になっていない。どうぞこのまま健やかに過ごしてくれと願うばかりである。

さて、そんな健やかな二匹の猫に、今年、大きな変化が訪れた。

引っ越しをしたのである。

ご存じの通り、猫は家につくと言われる。猫にとって引っ越しは一大事である。とはいえ、うちの猫たちは数年前にも一度引っ越しを経験しているので、さほど心配はしていなかった。実際、今回も新居に到着したばかりのころは落ち着かぬ様子だったが、三日も経つと、もう十年もここに住んでいるような顔で家中を歩き回っている。

さて、今回引っ越してきたのは、東京郊外の大きな公園のそばである。

以前の住居は、かなり都心であった。住宅地というよりはオフィス街のような場所で、周囲をビルに囲まれていた。

もちろん利便性は高く、とても上品な場所だったのだが、都心の風景というのは日々変わっており、ということは日々、近隣で大きな工事がある。窓を閉めてしまえば騒音など気にならないのだが、やはり高いビルを建てるということは、地中深くに太い鉄柱を突き刺すということで、その振動というか「気」のようなものは、足元から伝わってくる。

なんとなくだが、五十歳を過ぎたら緑の多いところに住みたいなという希望もあり、幸い、良い条件での転居ができた。

越してきたのはいわゆるファミリータイプのマンションで、すぐ隣が大きな公園である。朝は小鳥のさえずりで目を覚まし、夕暮れはカラスが知らせてくれ、夜になれば月夜に鈴虫が鳴く。

そんな牧歌的な生活をしていると、なんといえばいいのか、都心に暮らしていたころに比べると、時間が一・二倍くらいに延びたような感じなのである。

時間に余裕ができれば、心にもゆとりが生まれる。そしてこの変化が人間だけでなく、うちの猫たちにも起こったのである。

以前の住居は八階だった。超高層というわけではなく、ちょっとしたベランダもついていたのだが、やはり猫たちを出すのは怖い。

結果、猫たちは室内だけで過ごしていた。もちろん窓も開けたし、日も入ったが、それでもずっと閉じ込められているような感じはあったのかもしれない。

そのストレスからかどうかは分からないが、金ちゃんはちょっと過食気味にエサを食べることがあり、片や、銀ちゃんはトイレ以外の場所で粗相することがあった。

それがである。

新居に越してきた途端、それらがぱったりとなくなったのだ。

あれだけ食べていた金ちゃんは、エサのパッケージに書いてある通りの適量で満足するようになり、まさに快眠快食快便。片や、銀ちゃんもあれだけ悩まされた粗相がぱったりとなくなったのである。

毎日、食事を与えたり、トイレの掃除をしていると、はっきりと分かるのだが、新居に越してきて以来、金ちゃんと銀ちゃんが本来の姿を取り戻したというか、本来の猫の一日を過ごしているような気がしてならない。

朝、目を覚ますと、同じベッドの上で二匹が寝ている。寝室を出て、朝日を浴びにベランダへ出る。もちろん二匹もついてきて、気持ち良さそうに背伸びする。窓越しではない日差しを体いっぱいに浴びている。

風の匂いを嗅ぐ。雨に濡れた土の匂いがする。

隣は大きな公園である。公園というより、ちょっとした森である。となれば、森からはいろんな虫たちが飛んでくる。

初めて見るカマキリに、銀ちゃんの興奮は最高潮である。

夜になると、必ずやってくるカナブンを、金ちゃんは間違いなく親友だと思い込んでいる。カナブンが入ってくると、「来たよ、来たよ。今日も友達が来たよ」とばかりに仕事中の私を呼びに来る。

コロナのせいもあり、今年は家にいる時間が多かった。ということは、金ちゃん銀ちゃんと一緒にいる時間も多かったことになる。おそらく二匹がうちへ来て以来、こんなに長い時間を一緒に過ごした年はなかったはずだ。

年齢のせいもあるのだろうが、最近は金ちゃん銀ちゃんも小さな鼾《いびき》をかくようになった。

コロナで大変な一年ではあったが、こんな幸せの寝息をいつもよりたくさん聞けたのだと思えば、やはりこの一年もまた、愛おしい一年に思えるのである。

熊野三山の祈り

熊野三山。

長年、いつか行こう行こうと思いながら、なかなか実現できなかった場所への参拝が叶った。

ちなみに熊野三山とは、和歌山県新宮《しんぐう》市にある「熊野速玉《はやたま》大社」、田辺《たなべ》市の「熊野本《ほん》宮《ぐう》大社」、そして那智《なち》勝浦《かつうら》町《ちょう》の「熊野那智大社」、この三つの神社の総称である。

元々、私の「ＭＹ神社」というのが都内某所にある熊野神社で、「ＭＹ神社」などと冗談半分に呼んではいるが、毎年の初詣はもとより、厄年には厄除《やくよ》けで世話になり、他にも何か良いことがあればお礼に訪れ、逆につらいことがあれば心を鎮めようと、とにかく事あるごとに参拝している。

信心している神社が暮らしている土地の神様であれば「氏神様」なのだろうが、この二十年の間、都内のあちらこちらに引っ越ししながらも、ずっと浮気せずに通っているので、やはり「MY神社」なのであろう。

ちなみに友人たちには笑われるのだが、たとえばどこか旅先で別の神社仏閣に参拝に行くと、必ずその直後に東京の「MY神社」にも訪れる。浮気したと思われたくないのである。調べてみると、熊野神社と名のつくものは全国各地にある。その数、なんと四千社余り。それらの総本宮が、熊野三山となる。

実はこの熊野地方、まだ「MY神社」となる前、いや、MY神社どころか、神社仏閣になど一切興味がなかったころに、一度訪ねたことがある。

新人文学賞を受賞したばかりの作家の卵のような時期だったが、この新人文学賞の選考委員をされていた浅田彰さんに、熊野で毎年行われている「熊野大学」という文学シンポジウムに誘っていただいたのだ。

この「熊野大学」、新宮市出身の作家・中上健次《なかがみけんじ》が生前に創立したもので、「試験もない、校舎もない、校則もない」「だれでもいつでも入学でき、卒業は死ぬとき」という、そこに集うひとりひとりの志によって成り立っている学校である。

とはいえ、熊野を舞台に、文学を、世界を、人生を、語り合う夏期の特別セミナーでは、文壇のみならず、各界の有志たちが手弁当で集まり、熱い数日間を過ごすことが毎年恒例となっている。

残念ながら、中上氏ご本人は創立の二年後、四十六歳の若さで他界されたが、その後も氏の遺志を受けついだ者たちが今でも活動を続けている。

中上健次といえば、好きという言葉では足りないほど、多大なる影響を受けた作家である。『十九歳の地図』から始まり、『岬』『枯木灘《なだ》』『千年の愉楽』『奇蹟《きせき》』『軽蔑』と、若いころから耽読《たんどく》してきた作品は枚挙にいとまがない。『千年の愉楽』など、あまりにもその文章が美しく、読むというよりも指で撫で回していた記憶さえある。

それゆえ、初めての熊野訪問は、敬愛する作家・中上健次の故郷を訪ねる旅であり、熊野三山については、時間があれば寄ってみようかな程度の気持ちであった。

京都在住の浅田彰さんと合流したあと、「熊野大学」の夏期セミナーが開催される新宮市まで、せっかくだから紀伊半島の西側からぐるりとドライブしようということになった。

この際、同行者として現れたのが杉浦圭祐《すぎうらけいすけ》くんという浅田さんの知り合いで、聞けば、彼もまた新宮出身であり、熊野大学の創立にも立ち会い、なによりあの中上健次が主宰する俳句会に参加していたという。

中上健次の作品に出てくる言葉でいえば、若い朋輩《ほうばい》、もしくは若衆の一人というところであろうか。

天気にも恵まれ、田辺、白浜《しらはま》、串本《くしもと》を回って新宮へと向かうドライブは、海岸沿いの壮大な景色はもちろん、途中に訪ねた串本町の無量寺《むりょうじ》で見学した円山応挙《まるやまおうきょ》の襖絵《ふすまえ》など、今でもはっきりと目に焼きついている。

何より浅田彰さんという日本の知性のような方と長時間ドライブができ、いろんなお話をうかがうことができる、とても贅沢な旅だった。

そんな中、初対面の遠慮もありながらも、次第に同行者である杉浦くんとの距離も縮まってくる。

「おいくつなんですか?」

どちらからともなく尋ねた会話で、同じ年だということが分かる。

ここまでなら、さほど驚くこともないのだが、

「何月生まれ?」

「九月」

「へえ、一緒だ。じゃ、何日?」

「××日」

「え!」

誕生日が二日違いだったのである。

お互いにまじまじと顔を見つめ合ったような気がする。

九州の長崎と紀州の新宮。場所は違えど、同じころに生まれていたわけである。それが大人になり、中上健次というお互いに敬愛する作家の縁で知り合ったわけだ。

以来、付き合いは細く長く続いている。

何年かに一度、酒を飲む。ただ、それだけなのだが、毎年、誕生日になると、必ずメールだけは送り合っている。

「お互い誕生日おめでとう」

たったこれだけ。

ただ、しばらく会っていなくても、「ああ、彼も元気なんだな」と分かるし、なぜか不思議と、「さあ、今年も一年、頑張るぞ」という気になれる。

考えてみれば、不思議な仲である。友人と呼べるほど深い付き合いがあるわけではない。だが、年とともに徐々に疎遠になっていく他の友人らのなかにあって、彼との年に一度のメールのやりとりが大きな節目となっているのだ。

さて、念願叶って訪れた熊野三山は、やはり素晴らしかった。荘厳な那智の滝をどれくらい見上げていただろうか。昨年は苦難の年でもあった。いろんな思いや願いが胸を去来したが、あえて何も考えず、ただじっと美しい滝を眺めていると、ふとあることを思い立った。

ここしばらく、すっかり年賀状がおろそかになっている。メールでのやりとりのほうが手っ取り早かったからだが、また今年からのんびりと始めてみようかと、ふと思う。

年に一度、おめでとうと言い合う。もうずっと会っていない人たちと。良い一年を送って下さいと願う。もうずっと会っていなかった人たちのために。

夏の日差し、冬の日差し

ずいぶんと日が低くなった。

仕事柄、自宅で過ごすことが以前から多かったとはいえ、このコロナ禍で担当編集者との打ち合わせや会食で出かけることも減り、これまで以上に家に居る。居れば居たで、いろんなことが気になるもので、たとえば部屋に差し込む日中の日差しの動きを、日がな一日眺めていたりする。

もう遠い記憶となったが、二〇二〇年夏の猛暑は凄まじかった。当然、日差しも苛烈《かれつ》を極めたのだが、幸い、我が家のリビング側には程よいベランダがあって、高い位置を移動する夏場の太陽が、ギリギリ室内に入ってこないようになっている。

きっと設計士さんが計算に計算を重ねて庇《ひさし》となるベランダの広さを決めてくれたのだろう。

それが酷暑も過ぎて、秋となってくると、次第に太陽の高度も下がってくる。

まさに一日ごとに少しずつ下がってくるのが、(日がな一日、眺めているので) はっきりと分かる。

最初は申しわけ程度に室内に入ってきていた九月の日差しが、次の日には数センチ、次の日にはさらに数センチと、リビングのフローリングに伸びてくる。

と同時に、秋の空は高くなり、ひんやりとした風も吹き始める。

このころになると、ベランダにキャンプ用の椅子を出して、秋の空を眺めていた。二匹の飼い猫たちもやってきて、足元で気持ち良さそうに伸びをする。

そんな気持ちの良い秋の日が、二〇二〇年はけっこう続いたのではないだろうか。そのうちマンションの中庭にあるイチョウが色づき始める。

そして、ある日、雨が降る。

これまでの熱くてねっとりした雨でなく、とても冷たい。ああ、冬が来るんだと、その雨に気づかされる。

朝夕の気温が下がるほどに、さらに太陽も低くなる。

そのうち、夕方になって傾いた太陽が、南側に立つ巨木に隠れるようになり、日没までの小一時間ほどリビングに日が差さなくなった。

なんとなく寂しい思いで暮らしていると、今度はその巨木の葉々がハラハラと散り始めた。公園から飛んでくる小鳥たちの憩いの場だった巨木だが、見る見るうちに葉が落ちていく。

その代わり、巨木の枝葉に隠れていた夕方の日差しが、またリビングに長く深く差し込むようになってくる。

冬至を前に、いよいよ太陽は傾いて、その代わり、巨木の葉々も散り終えた。裸木になった巨木の向こうに、冬の柔らかい太陽が美しい。

「なるほどなー」と、今さら感心する。「自然ってよく出来てるよなー」と。「なんで人間ってのは、この自然に逆らおうとするんだろうか」と。

夏、苛烈な日差しを遮ってくれた木々の葉が、自ら散り、柔らかい冬の日差しを届けてくれる。

こんなに美しい現象があるだろうか。こんなに人間にやさしいものがあるだろうか、とつくづく思うのである。

さて、日がな一日太陽の動きを眺めているのもどうかと思い、ある冬の日、そうだ、たまには温泉にでも行こうと、群馬へ向かった。

目指したのは伊香保《いかほ》温泉である。東京からもさほど遠くないし、超有名温泉なので、温泉好きとしては一度くらい行ったことがありそうなものだが、なぜか記憶にない。

大気の良いドライブ日和で、渋滞もなく都内を抜け出すと、関越道をひた走る。途中、サービスエリアで休憩を取った際、車を降りて大きく背伸びしたあとに、なんとなくGoogleマップで目的地を確認した。

出発前にもちらっと見てきたのだが、改めて見ると、山頂に赤城《あかぎ》神社というものがある。

と、ここで詳しい方は、すでに間違いに気づかれたと思うのだが、そう、伊香保温泉があるのは榛名山《はるなさん》の中腹であり、赤城神社のある赤城山とは別物で、まったく違う場所にある。

ただ、渋川《しぶかわ》市を挟んで東西にあるこの二つの山、Googleマップの航空写真で見ると、とても似ているのである。

どちらも山頂に「榛名湖」「大沼」という同じくらいの湖があり、山頂へたどっていく道も似ている。

いや、さすがに目的地の山を間違えるというのは、どこまで抜けているのかと我ながら情けなくなるのだが、それでももう頭が「だったら神社にお参りして、それから伊香保の湯に浸かろっと」になっているので、休憩を終えて車に戻ると、「山頂に神社があるみたいだから、先にそっち行ってから温泉行こうよ」と、自信満々に連れに告げつつ、その手はすでにカーナビの目的地を「赤城神社」と登録し直していた。

　この時、もし「赤城神社」というのがあるみたいだから、と言っていれば、連れも「それって赤城山でしょ？」と気づいてくれたのかもしれないが、まさか自分の連れがそこまで抜けているとは思ってもおらず、売店で買ってきたらしい饅頭《まんじゆう》を美味しそうに食べており、もちろんカーナビが、「いやいや、違いますよ。伊香保温泉は赤城山にはないですよ」と教えてくれるわけもない。

　結果、ドライブ日和の冬晴れの中、心は伊香保の温泉に向かいながら、高速を降りると、車は真逆へ走っていたのである。

　間違いに気づいたのは、そろそろ赤城神社に到着というころだった。神社から伊香保の露天風呂までどれくらいかかるかを調べてくれた連れが、「え？　一時間六分？」と声を上げたのである。「まさかぁ」と、呑気に答えた瞬間、目のまえに冬の日を浴びて黄金に輝く赤城山の山肌が見えた。

　山頂の湖を囲んだ黄金の山が、この世のものとは思えないほど美しい。

　神社の駐車場に車を停める時には、お互いに自分たちの間違いを認めていたが、なんというか、もうそんなものはどうでもよかった。なぜならもし間違っていなければ、この美しい景色を拝めなかったわけである。

人間は間違える。きっとこれも美しい自然の一つなのであろう、と思っておくことにして、このドライブを良い思い出として記憶しよう。

素晴らしき世界　～もう一度旅へ

足かけ十五年。

長く続いたこの連載エッセイが、今号の『翼の王国』を以《もっ》て終了する。駆け巡る思いは多いが、そのすべてを換言すれば、「感謝」の一語に尽きる。

思い起こせば、連載開始当初、エッセイではなく短編小説を書いていた。当時の忘れられない思い出がある。連載二回目のことだ。『自転車泥棒』というタイトルの短編小説で、あまりにも理不尽なことが続いた主人公の女性が、その悲しみの中、ほんの出来心から隣人宛《あて》の手紙を郵便受けから盗んでしまう話だった。

どうして自分ばかりが損をしなければならないのかと苦しむ彼女が盗んだ手紙は、同じワンルームマンションに暮らす男子大学生の元へ届いた郷里の祖母からの手紙だった。

「暗いところで書いているから字が下手くそだけど……」と前置きして「おばあちゃん

も若いころ独りで働きに出たときは、寂しくて、心細くて、泣いてばっかりやったよ。でも、一生懸命がんばれば、トモダチもできる。みんなに可愛がってももらえるよ。……最近、自炊を始めたらしいですね。体だけは丈夫にして下さいね。野菜なんかは何日も保つものだから、まとめて買っておいて、ちょっとずつでもいいから毎日食べなさいよ。もう遅いから寝ますね。また手紙書きます。貴方《あなた》も暇があったら手紙下さいね」

主人公の女性はこの手紙を読み終える。読み終えたのが先だったか、涙が溢れたのが先だったか分からぬまま。

機内誌を発行している編集部にこの原稿を出したとき、ちょっとした意見が出た。他人の手紙を盗むのは犯罪であり、機内誌にはふさわしくないのではないかというもので、当然、ANA側を忖度《そんたく》しての意見だった。「もしこの作品がダメなのであれば、この連載はもうできません」と僕は強く出た。だったら、有島武郎の『一房の葡萄』はどうなる？　と思ったし、文学を志す者として引けなかった。

数日後、ANA側から返事がきた。素晴らしい短編小説だと思います、という心強く、ありがたい返事だった。

以来、足かけ十五年の間、僕は一貫してANAという企業を信頼してきた。絶対的な信頼の上で、自由に文学を続けさせてもらった。

手前味噌《みそ》になるが、これほど文化的で充実した機内誌というのは日本のエアライン以外にない。これまで世界各国のエアラインに乗ってきた上での正直な感想だ。もちろんどのエアラインもそれぞれの個性を出した機内誌を発行しているが、どちらかといえばタイアップ的な記事ばかりが目立つ。そんな中、この『翼の王国』は実に読み応えがある。そこには人の暮らしがあり、人の匂いがして、人の笑い声が聞こえてくる。

この『翼の王国』が心から好きだった。そしてこれからもずっと好きだと思う。

短編小説に代わってエッセイを書くようになってからは、全力でこの「好き」を書いてきたように思う。飼い猫の金ちゃんと銀ちゃんがどれほど可愛いか。台湾の屋台料理がどれほど美味しいか。マッターホルンに昇った月がどれほど美しかったか。ブータン、韓国、中国、フランス、ポルトガル……、北海道から沖縄まで、各地で出会ってきた人たちの笑顔がどれほど輝いていたかを全力で書いた。

自分が好きなものを、「好きだ！」と大声で叫ぶ。こんな単純なことが、実はいかに難しく、そしていかに素敵なことであるかを、僕はこの連載を通して学ぶことができた。

もちろん世界は甘くない。自分が好きなものを正直に好きだと言えない人たちが、世界の至るところで苦しんでいる。世界中を旅すればするほど、子供たちの輝くような笑顔の奥に、貧困という現実を見ることもある。その瞳が輝けば輝くほど、その悲しみは深い。

もちろん世界は完璧ではない。きれい事ばかりではない。それは分かっている。ただ、この大きな青い空の上だけは、世界の素晴らしさで、世界の美しさで、満たしてもいいのではないかと、毎月そう思いながら連載を続けてきた。

この世界の素晴らしさを、この世界の美しさを、ゆっくりとだが自分の言葉で伝えていくうちに、同じようにゆっくりとだったが、このエッセイを読んで下さる方が増えていったように思う。

いろんな場所で声をかけていただいた。多くの方から感想のお便りをもらった。僕が行った先々の国や人たちの素晴らしさ、美しさを語れば語るほど、そんな僕に読者の方々が敬意を払って下さった。

素晴らしい世界、美しい世界というものは、敬意で出来ているのではないか。そう気づかせてくれたのは、このエッセイを読んで下さった読者の方々だ。

ああ、そろそろ紙幅が尽きる。今になって、何を書けばいいのか分からなくなってくる。

初めて一人で飛行機に乗ったのは、十八歳。大学進学で上京するときだった。不安で、心細く、今にも泣きそうなのに、胸の中は期待でいっぱいでもあった。

初めての夏休みで帰省するとき、ちょっと大人になっている自分に、その同じ機内で気づいた。数ヶ月前と何が変わっているわけでもないのに、ちょっとだけ何かが違うような気がした。

祖母危篤の知らせを受けて飛び乗ったこともある。その後、母のときも、父のときも、この飛行機が僕を彼らの元へ運んでくれた。あるとき、座席で涙が止まらなくなっていた女性に、優しく声をかけるＣＡさんの姿を見かけたことがある。どんな理由で泣いているのかは分からないが、ＣＡさんは彼女に温かい飲み物を届け、しばらくその場にしゃがんで声をかけていた。

機内の窓から、整列してお辞儀をし、手を振りながら見送ってくれている整備士さんたちの姿を見たことがある方も多いのではないだろうか。もし見たことがあれば、なんでもないときにはなんでもないこの光景が、なんでもなくないときにどれほど胸に沁《し》み入るかもご存じのはずだ。

実はこの原稿を書いているのは二〇二一年の一月七日で、明日から一都三県に二度目の緊急事態宣言が出される日である。

この先、どうなるのか、まだ誰も分からない。不安は募る。ただ、これまで通り、この大きく青い空の上では最後まで明るい未来について語りたいと思う。

僕らが乗ったこの青い飛行機は、いつも僕らを運んでくれた。僕らが目指す場所に。僕らが望む場所に。これまでもずっと、そして、きっとこれからも。

最後になりますが、長年このエッセイを読んで下さった読者の方々に改めてお礼申し上げます。

そして別れを惜しむよりも、出会えたことに心から感謝したいと思っております。なぜなら、それこそが「旅」というものなのだから。

またいつか、この大きく青い空の上で！

初出　『翼の王国』二〇一九年二月号〜二〇二一年三月号

吉田修一の本

最後に手にしたいもの

マカオでの苦手なカジノ、ソウルでのサイン会、台北でのライブ観覧。ベストセラー作家が、旅の面白さと豊かさを綴る全二十五編。大人気のＡＮＡ機内誌『翼の王国』連載シリーズ！

吉田修一の本

ぼくたちがコロナを知らなかったころ

充実の上海ブックフェア。ニューヨークでの観劇。長崎で出会ったランタンの幻想的な風景。自由に旅をして人びとに会えることは、なんと貴重で尊いのだろう。人気機内誌エッセイ。

集英社文庫

集英社文庫

素晴《すば》らしき世界《せかい》 ～もう一度旅《いちどたび》へ

2023年10月25日　第1刷　　定価はカバーに表示してあります。

著　者　吉田修一《よしだしゅういち》

発行者　樋口尚也

発行所　株式会社　集英社
東京都千代田区一ツ橋2-5-10　〒101-8050
電話　【編集部】03-3230-6095
【読者係】03-3230-6080
【販売部】03-3230-6393（書店専用）

印　刷　図書印刷株式会社

製　本　図書印刷株式会社

フォーマットデザイン　アリヤマデザインストア　　マークデザイン　居山浩二

ISBN978-4-08-744576-3 C0195